Este post precisou ser removido

Hanna Bervoets

Wat Wij Zagen
Copyright © 2021 by Hanna Bervoets
Publish in agreement with Peters, Fraser & Dunlop Ltd.

Edição: Leonardo Garzaro e Felipe Damorim
Arte: Vinicius Oliveira e Silvia Andrade
Tradução e nota: Daniel Dago
Revisão: Carmen T. S. Costa e Lígia Garzaro
Preparação: Ana Helena Oliveira

Conselho Editorial:
Felipe Damorim, Leonardo Garzaro, Lígia Garzaro, Vinicius Oliveira e Ana Helena Oliveira.

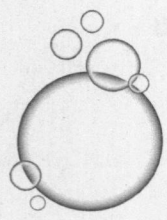

[2022]
Todos os direitos desta edição reservados à:
Editora Rua do Sabão
Rua da Fonte, 275 sala 62B
09040-270 - Santo André, SP.

www.editoraruadosabao.com.br
facebook.com/editoraruadosabao
instagram.com/editoraruadosabao
twitter.com/edit_ruadosabao
youtube.com/editoraruadosabao
pinterest.com/editorarua
tiktok.com/@editoraruadosabao

Dados Internacionais de Catalogação na Publicação (CIP)
(Câmara Brasileira do Livro, SP, Brasil)

B552

Bervoets, Hanna

   Este post precisou ser removido / Hanna Bervoets; Daniel Dago (Tradução). – Santo André - SP: Rua do Sabão, 2022.

   Título original: Wat Wij Zagen

   128 p.; 14 X 21 cm

   ISBN 978-65-86460-80-3

1. Literatura holandesa. 2. Romance I. Bervoets, Hanna. II. Dago, Daniel (Tradução). III. Título.

CDD 839.3

Índice para catálogo sistemático
I. Literatura holandesa
Elaborada por Bibliotecária Janaina Ramos – CRB-8/9166

Este post precisou ser removido

Hanna Bervoets

Traduzido do holandês por Daniel Dago

E, afinal, o que você viu?

Ainda ouço essa pergunta com uma frequência ridícula, mesmo já tendo saído da Hexa há dezesseis meses. As pessoas continuam tentando, e, quando minha resposta não atende às suas expectativas — é muito vaga, não é chocante o suficiente —, elas apenas perguntam outra vez, reformulando a questão de maneira um pouco diferente: "Mas qual foi a pior coisa que você já viu?", pergunta Gregory, meu novo colega no museu.

"E você não tem nenhuma ideia?", diz minha tia Meredith, que durante anos eu só vi no aniversário de morte da mamãe, mas que de repente adquiriu o hábito de me ligar todo primeiro domingo do mês para perguntar como eu estou e, ah, é, saber o que exatamente eu vi.

"Caso contrário, escolha um vídeo, uma foto ou um texto que realmente te tocou" — ei, aí fala a dra. Ana: "Então me conte, o que você sentiu e pensou, na ocasião? Basta fazer um vídeo na sua cabeça, sim, um vídeo de você sentada lá e vendo aquele vídeo chato", e então a dra. Ana se aproxima com um bastão de luz piscando para cima e para baixo.

E o senhor também participa disso, sr. Stitic. O senhor me liga quase todos os dias. "Por favor, entre em contato comigo, srta. Kayleigh"

— o senhor realmente sabe que Kayleigh é meu primeiro nome? Não é? Claro que o senhor tem meus dados, dos meus ex-colegas, e eles não sabem meu sobrenome, então agora o senhor diz: bem, e o que a srta. Kayleigh viu mesmo?

As pessoas agem como se fosse uma pergunta muito normal, mas quão normal é uma pergunta para a qual se espera uma resposta horrível? Também não é que essas pessoas se importem comigo. Talvez isso não seja loucura, talvez as perguntas nunca surjam por interesse em outra pessoa, mas sim por curiosidade sobre as vidas que perdemos ("Puxa, sr. Stitic, direito civil, isso é legal?") — mas tanto em Gregory quanto na tia Meredith, e até mesmo na dra. Ana, detecto um certo sensacionalismo, uma necessidade que suscita perguntas, mas nunca pode ser totalmente satisfeita.

Vi uma *live* de uma garota enfiando um canivete bem cego no próprio braço, ela teve de empurrá-lo com força antes que começasse a sangrar um pouco. Vi um homem chutar seu cão pastor com tanta força que o animal chiou contra a geladeira. Vi crianças desafiando umas às outras a dar uma mordida irresponsavelmente grande na canela. Li pessoas elogiando as qualidades de Hitler para seus vizinhos, colegas e meros conhecidos, de maneira simples, aberta e exposta, visível para potenciais parceiros e empregadores: "Hitler deveria ter terminado seu trabalho", com uma foto de um casal de imigrantes num barco.

Todos esses exemplos são fracos, o senhor sabe disso, não é? Essas coisas estão todas nos jornais, retiradas da boca de outros ex-moderadores, o que não quer dizer que eu não as tenha encontrado, aliás: as saudações a Hitler, os cães patéticos, as garotas com as facas são mesmo um clássico. São milhares deles, um em cada rua, imagino: aquela casa em que a luz do banheiro fica acesa à noite, ela fica sozinha no chão duro e frio. Mas não é isso que as pessoas querem ouvir. Elas querem que eu descreva algo novo, coisas que elas mesmas nunca ousariam ver, coisas muito além de sua imaginação, então Gregory pergunta: "Mas qual é a pior coisa que você já viu?", e não "Como está aquela garota, você conseguiu ajudá-la, talvez?". Meu Deus, não, as pessoas não têm ideia do que meu trabalho anterior realmente implicava, e isso é por sua causa, sr. Stitic. Depois de todas as notícias sobre o processo que o senhor está movendo contra meus ex-colegas, as pessoas acham que ficávamos sentados inertes atrás das nossas telas, que não sabíamos o que estávamos fazendo, que não tínhamos ideia de onde estávamos nos metendo, que éramos completamente despreparados para as milhares de imagens chocantes que nos eram disparadas, que queimaram quase instantaneamente as ligações na nossa cabeça — bem, não foi assim. Pelo menos não foi totalmente assim, e nem para todo mundo.

Eu sabia no que estava me metendo. Eu sabia o que estava fazendo e era muito boa nisso. Sei das regras da época e, de vez em quando, ainda as aplico. Isso acontece automaticamente, é uma deformação profissional, faço isso com séries, videoclipes, ou algo assim, com coisas que vejo ao meu redor: aquela mulher que está sendo expulsa do seu quadriciclo, isso é permitido on-line? Não se você vir sangue. Bem, só se a situação for claramente cômica. Não quando há sadismo envolvido. Bem, se o que está em exibição tem algum valor educacional, e ei, bingo, tem: valor educacional, uma rampa para o estacionamento em frente ao museu é um caos — "Algo realmente precisa ser feito sobre isso", se eu digitar isso é permitido — veja, é isso o que eu penso enquanto rasgo quatro cartões. E não, nem sempre é bom ter essas regras passando pela minha cabeça, mas o senhor sabe, de alguma forma ainda estou orgulhosa do quão bem eu conhecia as diretrizes — isso não é o que senhor quer que eu lhe diga, não é?

Não respondi a nenhum dos seus e-mails. Nunca retornei suas ligações e pensei que o senhor entenderia. Não quero falar com o senhor. Não quero ser contatada nos outros dias. *Não quero fazer parte do processo judicial de vocês.* Mas o senhor continua me ligando, pressionando-me, e hoje recebi sua segunda carta (sua caligrafia é graciosa, sr. Stitic).

Não pense que eu não entendo. O senhor é um advogado, é seu trabalho insistir, e o senhor tem um bom domínio das suas técnicas de persuasão: noto que a cada mensagem de voz o senhor fica com um tom um pouco mais amigável. O senhor sabe que estou ouvindo, sabe que me acostumo com sua voz e então não diz mais: "srta. Kayleigh", me trata por "você", e do nada fala que "há perspectiva de uma boa quantia de dinheiro", e, para ser sincera, acho bastante assustador que o senhor saiba que eu preciso de uma boa quantia de dinheiro; meus ex-colegas devem ter lhe contado sobre minhas dívidas e eu me pergunto se isso está de acordo com as regras de privacidade geralmente aplicáveis, mas, ei, o senhor sabe disso muito melhor do que eu.

Só mais dois anos no museu e então terei pagado tudo. Isto é, se eu também trabalhar nos feriados mais bem pagos, então vamos torcer para que eu também seja agendada para a Páscoa e para o dia 26 de dezembro, porque não, realmente não vou me juntar ao senhor, embora eu entenda que meus ex-colegas irão.

Li que hoje em dia Robert dorme com um taser, por medo de que terroristas venham buscá-lo à noite (os nomes naquele artigo de jornal foram alterados, mas tenho certeza de que "Timothy" é Robert). Que "Nataly" não suporta barulhos altos, luzes brilhantes ou movimentos inesperados no seu campo de visão lateral (outros funcionários também tiveram esse problema, então não sei quem é Nataly). Sei que muitos dos meus ex-colegas se afastam assim que alguém fica atrás deles no supermercado, que permanecem na cama durante o dia até escurecer e depois ficam acordados até clarear; estão cansados demais para começar um novo emprego, durante dias e noites eles vêm coisas sobre as quais eu também não gosto de falar e algumas dessas queixas não me são tão estranhas, infelizmente. E sim, como muitos dos meus ex-colegas, eu mesma saí da Hexa, então, repito, entendo por que o senhor está batendo na minha porta.

Porém, para entender por que não cedo ao seu pedido, primeiro o senhor tem de saber algo sobre mim. As imagens que me mantêm acordada à noite, sr. Stitic, não são as fotos horríveis de adolescentes sangrando e crianças nuas, nem os vídeos de esfaqueamentos ou decapitações. Não, as imagens que me tiram o sono são imagens de Sigrid, minha querida ex-colega. Sigrid encostada no muro, mole e ofegante — são essas as imagens que eu gostaria de esquecer.

Por isso, escrevo-lhe com uma proposta. Pense nisso como um *deal*, um acordo. Conto sobre meus meses na Hexa, sobre meu trabalho, as regras, as condições de trabalho notoriamente terríveis; em suma, coisas que, sem dúvida, irão interessá-lo.

Então vou explicar por que saí da Hexa. Nunca contei isso a ninguém, mas vou ser honesta, apenas honesta, totalmente. O senhor vai entender por que eu não vou ser sua cliente, sr. Stitic; na verdade, provavelmente o senhor não vai nem querer mais me ajudar.

Em troca, peço que o senhor se cale e me deixe em paz para sempre. Sem e-mails, sem telefonemas, nem sequer apareça na minha porta; se meus ex-colegas perguntarem sobre o assunto, diga apenas que me mudei para o exterior, invente algo, provavelmente o senhor sabe fazer isso muito bem.

Note bem: minha escrita não é um testemunho oficial. Não mencionarei o nome do réu em nenhum lugar, o senhor sabe que cometerei quebra de contrato se o fizer; estou bem informada, sei qual é minha posição legal, portanto repito: não estou acusando nada e nem ninguém de nada. Só estou lhe contando minha história, uma única vez.

A turma de outubro consistia de dezenove pessoas. Antes de começarmos, tivemos um curso de treinamento obrigatório, e daquela semana me lembro especialmente de Alice, uma mulher loira de muletas que tinha cerca de trinta anos a mais que a maioria de nós. Durante uma pausa para fumar, Alice disse que já havia sido conselheira pedagógica social. O que ela está fazendo aqui?, lembro-me de pensar. (Mais tarde, Sigrid me disse que era exatamente isso que ela pensara de mim: o que essa tal de Kayleigh está fazendo aqui? Eu a notei de imediato, ela disse, ela me achou intrigante, com meu cabelo curto e camiseta NOFX amassada, eu parecia que não me importava com o que os outros pensavam de mim e ela achava isso extremamente sexy.) Quando espiei além da minha tela naquela semana, olhei para Alice, que sempre parecia muito concentrada, suas muletas encostadas na mesa. Durante os intervalos eu costumava ficar ao seu lado, ela poderia ser minha mãe e eu me sentia atraída por ela de uma maneira estranha, não necessariamente erótica. Alice falava pouco, era difícil de avaliá-la, mas no terceiro dia, quando a ouvi dizer que achava que mascar chiclete era nojento — "por causa da estrutura, parece que tem um ranho na boca da pessoa" —, engoli na mesma hora meu Stimorol.

Não falei com ninguém da nossa turma. Eu não estava ali para fazer amigos, disse a mim mesma, pois não tinha sido assim que as coisas deram errado no meu último trabalho? Minha, digamos, "amigabilidade" me deixou com o cartão de crédito bloqueado. A razão pela qual me inscrevi na Hexa foi sobretudo porque o salário por hora era vinte por cento maior do que no call center onde eu trabalhei anteriormente.

A descrição da vaga não dizia muita coisa; além de uma indicação salarial, a mensagem fornecia apenas um breve relato do trabalho: a Hexa estava procurando por "funcionários de qualidade" — eu tive de pesquisar o que isso significava, mas pelo salário de vinte por cento a mais eu pegava até lixo. Durante a superficial entrevista de emprego, disseram-me que a Hexa era apenas uma subcontratada. Basicamente, eu "avaliaria conteúdo" para uma grande e poderosa empresa de tecnologia que, mesmo antes de tocar no contrato, eu *nunca* deveria nomear, eles me disseram. Logo soube que essa plataforma, seu réu, estabelecia todas as nossas regras, horários de trabalho e diretrizes. E quaisquer postagens, fotos e vídeos que analisássemos tinham sido sinalizados como "ofensivos" por usuários ou robôs dessa plataforma específica e suas subsidiárias. No primeiro dia de nosso treinamento de uma semana, nós, a turma excepcionalmente corajosa de outubro, demos nosso melhor para não mencionar o empregador real, até descobrirmos que nossos treinadores, um menino e uma menina que, segundo eles, também começaram como moderadores — implicando, de propósito ou não, que tal promoção estava dentro do campo de possibilidade para todos nós (uma perspectiva motivadora que fez com que alguns da nossa turma, acho, ficassem na Hexa por mais tempo do que era apropriado) —, usavam livremente o nome da plataforma. A plataforma pensa isso, disseram, a plataforma permite isso, e então logo entendemos que deveríamos ficar quietos, em especial para o mundo exterior. Ali, no prédio comercial onde a Hexa estava localizada, aninhada com segurança num parque empresarial com ponto de ônibus, estávamos entre iguais, irmãos numa sociedade secreta. Esse treinamento foi um batismo, uma iniciação que tinha de mostrar se estávamos de fato aptos a participar daquilo. Pelo menos era o que eu havia pensado na época.

    Recebemos dois guias naquele primeiro dia. Um com os termos de uso da plataforma e outro com as diretrizes do moderador. Naquela época, não sabíamos que as diretrizes mudariam a cada poucos dias e que o guia, já naquele período, era extremamente desatualizado. Os guias não podiam ser levados para casa, então aprendemos fazendo. No primeiro dia de treinamento, apareceram nas nossas telas mensagens escritas, seguidas de fotos, vídeos, e a partir do terceiro dia foram *lives*. A pergunta era sempre a mesma: isso pode ficar na plataforma? E, se não, por quê? Essa era a questão mais difícil. Um texto como *Todos os muçulmanos são terroristas* não poderia ser retirado da plataforma, porque os muçulmanos são CP, "categoria protegida", assim como as mulheres, os gays e, acredite ou não, sr. Stitic: heterossexuais. *Todos os terroristas são muçulmanos* podia, porque os terroristas não são CP e, além do mais, muçulmano não é um termo ofensivo. Um vídeo de alguém jogando um gato pela janela só é permitido quando não houver motivo para crueldade, uma foto de alguém jogando o gato pela janela sempre é permitida, um vídeo de pessoas se beijando na cama é permitido, desde que não vejamos genitais ou mamilos femininos, mamilos masculinos são permitidos o tempo todo. Um pênis desenhado à mão na vagina é permitido, vulvas desenhadas digitalmente não são permitidas, uma criança nua só pode ser mostrada quando é imagem de uma notícia, a menos que diga respeito ao Holocausto; fotos de vítimas do Holocausto menores de idade sem roupas são proibidas. Uma foto de um revólver está dentro das diretrizes, mas não se ele estiver à venda. Podem desejar a morte de um pedófilo, mas não a de um político; um vídeo de alguém explodindo de forma convincente um jardim de infância deve ser removido com base em propaganda terrorista, não violência ou abuso infantil. Se selecionarmos a categoria errada, a classificação será considerada incorreta, independentemente de a mensagem ter sido removida corretamente ou não. Classificamos duzentas postagens por dia naquela semana (na verdade, uma vez que fomos contratados, havia muito mais) e no final de cada dia de treinamento nos mostravam nossas pontuações de precisão. A Hexa apontou para uma porcentagem de acerto de 97%, e no começo fiquei decepcionada quando não estive acima de 85%. Até que comecei a trapacear na tela do Kyo. Kyo, talvez dez anos mais novo do que eu — os rabiscos de esferográfica em sua mochila sugeriam que ele provavelmente tinha acabado de terminar o ensino médio —, muitas vezes se sentava ao meu lado e sua pontuação nunca passava de 75%. Isso foi um tanto encorajador. Mas no quarto dia, quando Alice me disse no ponto de ônibus que ela havia avaliado corretamente nada menos do que 98% dos seus "bilhetes", decidi deixar minha cerveja de lado naquela noite e ver se conseguia pontuar mais alto no dia seguinte.

Não sei como Sigrid se saiu naqueles dias. Se o senhor me perguntar quando realmente a notei pela primeira vez, eu diria: no último dia do nosso treinamento, durante nossa "prova". Achei um exercício meio estranho, uma espécie de prova oral, mas na frente de toda a turma. Fomos chamados um a um. Em seguida, vimos um vídeo ou foto e a pessoa, por sua vez, tinha de dizer por que o post estava ou não dentro das diretrizes. Na vez de Alice, foram as imagens de uma mulher adulta pondo um bebê numa estrada de terra a fim de ele ser apedrejado por dois meninos; ela ficou lá, calmamente, numa jaqueta jeans enorme, apoiando-se num banquinho, que tinha conseguido de maneira brilhante. "Abuso infantil, subcategoria de morte violenta, talvez, porém sem glorificação na descrição, então deixe para lá, mas marque como perturbador." Sigrid também se saiu bem, mas o que mais me impressionou foi a maneira como ela ficou ali. Enquanto os outros formularam suas frases de um jeito um tanto questionador, mas não falavam de forma muito diferente do que normalmente falavam, Sigrid estava confiante diante de nós, de mãos entrelaçadas, como um mordomo dando as boas-vindas aos hóspedes do seu senhorio.

"O que vemos aqui", ela disse, articulando em voz alta e clara, "é um caso de conteúdo sexual em que um mamilo feminino está na foto nos minutos três e quatro. A aréola é claramente visível, o que significa que este post deve ser removido na categoria de nus femininos, embora, dada a legenda 'Espero que doa', também haja sadismo: parece-me que ambos os motivos da remoção estão corretos".

Havia algo extremamente cômico em Sigrid falando conosco, sorrindo, olhando para nós um por um. Como se ela estivesse brincando, parodiando as diretrizes — acho que nossos treinadores também duvidaram por um momento se Sigrid estava levando a tarefa a sério. Mas sua resposta estava correta, e a maneira como ela reagiu quando disseram que tinha acertado — Sigrid riu e acenou com a cabeça várias vezes seguidas, como se não tivesse se convencido de que havia acertado — denunciou que realmente estava falando sério. Essa era sua maneira de se apresentar, e semanas depois, quando ela me disse atrás dos armários que tinha trabalhado no setor de hotelaria, sua apresentação final fez sentido. (A essa altura eu não ousara perguntar por que ela tinha saído do setor hoteleiro, eu não queria dar ideias — bem, o que ela ainda estava fazendo aqui se também podia servir cervejas?)

Se o senhor estiver interessado: minha apresentação não foi tão boa quanto eu esperava. Peguei um vídeo de um homem com o braço em chamas, o fogo parecia se espalhar pelas costas, mas o vídeo era curto e o contexto, vago. Reproduzi-o de novo, na esperança de que pudesse ver como o braço pegou fogo, mas não adiantou. Eu estava vendo um crime violento, um acidente, uma piada ou uma declaração política? — neste último caso, as imagens tinham de permanecer e a remoção ilícita significava uma violação da liberdade de expressão. Tive de pedir ao treinador para reproduzir o vídeo pela terceira vez e desta vez o deixei no volume máximo; acabou sendo a escolha certa, todo mundo ouviu o homem gritar, alto e estridente, como uma menina, um som que nunca mais esqueceria, mas eu não estava pensando nisso naquela hora. Não, ali, na frente de todo o grupo, fiquei especialmente irritada por não ter entendido com o que estávamos lidando. Minha frustração foi um pouco aliviada quando, durante outra prova — um vídeo de um homem trepando com um boxeador —, a garota testada saiu da sala de exames e voltou dez minutos depois com os olhos vermelhos. No final, fomos todos contratados, inclusive a garota que havia saído.

    Apenas Alice agradeceu pelo trabalho. E pode ser que minhas memórias tenham sido afetadas, mas acredito que esse foi meu maior revés naquela semana.

Ótimo. E agora vou dizer algumas coisas que, imagino, esteja ansioso para ouvir, sr. Stitic — está pronto? Para começar, tudo o que meus ex-colegas dizem sobre nossas más condições de trabalho é verdade. Tínhamos somente dois intervalos, um deles com apenas sete minutos de duração, e ficávamos apertados na fila para os únicos dois banheiros disponíveis? Com certeza. Éramos chamados a prestar contas quando lidávamos com menos de quinhentos "bilhetes" por dia? Pode apostar que sim. Recebíamos um alerta sério assim que nossa pontuação de precisão caía abaixo de 90%? Sim, claro. Demitiam quando alguém pontuava muito baixo com regularidade? Conheço histórias. E acionavam um cronômetro assim que saíamos da mesa, mesmo que apenas para esticar as pernas? Na Hexa era assim.

Mas o que o senhor quer saber acima de tudo: como foi a orientação mental? Bem, nesse aspecto também posso concordar com meus ex-colegas, quase não notei nada sobre a ajuda psicológica no trabalho. Certa vez, um treinador se aproximou de nós, um rapaz baixo e de sobrancelhas grossas, que de vez em quando andava no corredor e que Sigrid e eu, depois de vê-lo uma vez no ponto de ônibus vestindo macacão azul, chamávamos de Super Mario. Sempre achei que se tratasse de um técnico, mas descobri que ele tinha feito algum tipo de curso.

"Vocês querem falar alguma coisa?", um dia ele nos perguntou. Isso foi logo depois de uma briga com Robert, eu já trabalhava na Hexa havia alguns meses; não sei se contaram ao senhor, mas Robert estava, nas palavras que imagino que o Super Mario tenha usado, "um pouco sobrecarregado". Vi assim que ele chegou naquela manhã. Normalmente, quem chega ao andar logo procurará uma mesa livre, de preferência sem muitos pontos pegajosos, dando prioridade para que seja ao lado de uma janela. Mas Robert não olhou para as mesas perto da janela, não olhou para baixo, porque não estava procurando uma vaga livre, estava procurando Jaymie, um dos nossos "especialistas no assunto". Especialistas no assunto, também conhecidos como "EA", tinham de avaliar nosso trabalho e determinar nossas pontuações com base em amostras. Embora realmente fossem nossos superiores, eles apenas ficavam sentados entre os moderadores. Olhe, eu sempre achei isso estranho. Se eu fosse a Hexa, teria colocado esses EAs em outro lugar, em um andar com portas de correr à prova de balas, por exemplo, porque há caras bem-intencionados como Robert, que poderiam colocar um taser nas costas de qualquer um numa manhã de quarta-feira, e caras bem-intencionados como Jaymie. Eu nem sei direito do que se tratava. Robert havia removido um post ameaçando alguém de morte, mas Jaymie achou injusto porque a ameaça era dirigida a uma pessoa pública, e pessoas públicas não são uma categoria protegida, a menos que sejam ativistas ou políticos — ou talvez fosse o contrário, talvez Robert tivesse deixado o post, mas Jaymie achava que não era uma pessoa pública, e sim um ativista. De qualquer forma, Jaymie havia rebaixado a classificação de Robert e essa não era a primeira vez, durante um tempo a pontuação de Robert girou em torno de 80%, acho. E para Robert parecia uma boa ideia ameaçar Jaymie com uma arma de eletrochoque a fim de recuperar sua pontuação — é o que digo sobre erros de julgamento.

Isto também pode ser uma informação valiosa para o senhor: não havia seguranças no nosso andar. Então Robert ficou parado ali, segurando o taser entre as omoplatas de Jaymie. E Jaymie não se mexeu, no máximo disse algo como "mantenha a calma", e enquanto isso todo mundo estava olhando para eles, então Robert ficou vermelho e Jaymie ficou com manchas no pescoço, como se tivessem sido pegos em alguma escapada sexual, como se tivessem puxado a cortina na frente da cama e ambos estivessem lá. "Foda-se", Robert disse por fim. "Foda-se, Jaymie, eu vou embora!"

Depois disso, não vimos Robert por uns quatro dias, mas ele apareceu na semana seguinte, usava um capuz, mas ninguém lhe pediu para tirar o negócio. Todo mundo sabia o que havia acontecido, mesmo quem não tinha estado lá, e mesmo assim Robert teve a audácia de voltar, de admitir: não consigo viver sem a Hexa, não consigo viver sem Jaymie, eu *preciso* desse emprego, e, sabe, achei muito grandioso da parte dele.

E é claro que o senhor quer saber se naqueles dias ofereceram a Robert uma conversa com o Super Mario, mas sinto muito, não sei dizer com certeza. Tudo o que sei é que, no dia seguinte à explosão de Robert, aquele rapaz fez uma reunião numa sala um andar acima do nosso, ele tinha seu próprio bebedouro e havia uma caixa de lenços na mesa — caramba, é mesmo, lembro-me de pensar: uma sala com uma caixa de lenços na mesa. Sentamos em círculo com trinta homens, cerca de metade dos moderadores de plantão na manhã em que Robert enlouqueceu. Eu só conhecia Kyo e Souhaim, que, assim como Robert, se tornaram meus amigos.

Eu não disse nada durante toda a sessão. Porque *entendo* Robert. Nossas pontuações de precisão eram importantes, era por esse motivo que fazíamos isso e, se minhas próprias classificações tivessem sido consistentemente baixas, eu também teria ficado frustrada. "Realmente não tenho nada a dizer", falei, e estava quase pronta para ir embora, mas então Mario falou: "Imagino que você tenha visto algo desagradável".

    Eu não estou brincando, tá? Ele realmente disse isto, *imagino que você tenha visto algo desagradável*. Olhei para Kyo, que assentiu sem pensar, e para Souhaim, com quem troquei olhares, e ele ergueu uma sobrancelha sutilmente. O comentário de Mario foi simplesmente presunçoso — esse cara pediu que eu confiasse, mas parecia completamente despreparado para a conversa, então não, eu não ia revelar nada a ele. Antes do final da sessão, eu me levantei e voltei para minha mesa, onde fiquei o resto da tarde, porque, devido ao atraso, não conseguiria atingir minhas metas para aquele dia. Depois disso, meus colegas e eu nunca mais vimos Mario; tudo foi bastante irresponsável, se o senhor quer saber.

    Espero que o senhor tenha anotado todos os itens acima.

"Mas, minha nossa, como você resistiu sob essas circunstâncias?" Era isso que minha tia Meredith queria saber quando apareceram os primeiros artigos de jornais sobre nosso trabalho. Imagino que o senhor também esteja se perguntando isso. Bem, antes de prosseguir, dois motivos.

Primeiro: eu estava bastante acostumada com isso quando comecei na Hexa. Como falei anteriormente, eu trabalhava num call center, era uma "assistente de atendimento ao cliente" para uma empresa contratada por um grande fabricante de móveis que enviava suas coisas da China ou sei lá de onde, então um sofá de veludo rosa e uma mesa lateral de latão retrô se perdiam em centros de distribuição internacionais pelo menos umas quatro vezes antes de chegarem ao cliente.

Enquanto isso, esses clientes me ligavam o dia inteiro; eu tinha intervalos um pouco mais longos do que na Hexa, mas recebia muito menos, e no call center também havia um cronômetro que começava assim que eu me levantava; e eu também tinha de atingir certas metas, idealmente quinze ligações por hora, mas com uma pontuação média de satisfação do cliente de 8,5: imagine conseguir isso quando alguém insiste na legalidade dos prazos de entrega no site, e quando a pessoa quer dar um abajur de vidro opala para a filha no aniversário dela e a festa inteira é estragada porque o presente não chegou. Se o sucesso de um aniversário depende de um abajur de vidro opala, então alguma coisa está muito errada, você pensa, mas não diz isso, não, você se segura o dia inteiro, porque se, por acidente, você responde algo racional: "Mas, senhorita, isso é tão ruim assim?", começam a gritar, sim, de quinze pessoas que ligam pelo menos quatro começam a gritar com você e te chamar de tudo, dizem que você é uma puta e que querem falar com o supervisor, seu *supervisor*, você nem sabe se *tem* um supervisor, você só conhece o Gerry do andar de baixo e a mulher da entrevista de emprego, mas é claro que não tem vontade de chamá-los, e, enquanto explica ao cliente porque não pode simplesmente transferi-lo ao supervisor, você reza para que ele esteja com pressa, que sua raiva seja absorvida pelo estresse de todas as compras ou pelas crianças que a pessoa ainda tem de pegar, e que ele desligue antes que a voz feminina pré-gravada pergunte se o cliente ficou satisfeito com o atendimento, mas infelizmente: é claro que os que mais reclamam são sempre os que deixam um comentário e, enquanto você vê seus índices de satisfação do cliente em plena queda livre, a colega à sua frente começa a chorar porque ela sabe muito bem pelo que está sendo repreendida, a garota fica fazendo careta para segurar o choro e enquanto isso você olha diretamente para uma boca cheia de saliva.

Para encurtar a história: meus primeiros dias na Hexa foram uma lufada de ar fresco. Que maravilhoso, pensei, inacreditavelmente legal que ninguém esteja gritando comigo. E sim, os posts que eu tinha de revisar às vezes continham xingamentos mais horríveis ainda. Mas pelo menos eles não eram dirigidos a mim.

"Mas, minha nossa, como você resistiu sob essas circunstâncias?"

Vamos ao segundo motivo: nas minhas primeiras semanas de trabalho, eu estava com a cabeça em outro lugar. Eu estava ocupada com outras coisas e meu trabalho era uma distração bem-vinda, embora eu tivesse pouco contato com outros colegas, na época, e quando percebi como nossas condições de trabalho realmente eram ruins, eu já estava mais ou menos acostumada a elas — soa estranho, né? Deixe-me explicar um pouco melhor. Se o senhor quer entender por que fiquei tanto tempo, primeiro tem de saber exatamente como e por que comecei.

Meu primeiro dia de trabalho pra valer na Hexa foi uma terça-feira. Na verdade, eu deveria começar na segunda-feira, mas Yena só podia tomar uma bebida comigo na segunda-feira às três da tarde daquela semana, então troquei o primeiro turno antes mesmo de começar; achei um milagre que não tenham me mandado embora no mesmo instante. Yena era minha ex-namorada. Nós tínhamos nos conhecido no call center (já disse que era muito amigável lá?) e estávamos juntas havia exatamente um ano. Moramos juntas durante onze meses na casa que herdei da minha mãe.

"Você deve ter tido muitas garotas, né?", Yena disse na primeira vez que dormiu comigo. Estávamos no que já tinha sido meu quarto de adolescente; anos atrás eu tinha tirado, enrolado e embrulhado os pôsteres do Green Day e fotos de skatistas, beijei-os antes que eles desaparecessem na gaveta da nova cama de casal e ali, naquela cama de dossel que na verdade era um tanto maravilhosa, cometi o erro de apenas sorrir do comentário de Yena sobre um monte de garotas. "Ah, tá!", ela disse, e já que nós duas estávamos rindo, achei que estava tudo bem. Eu não tive muitas garotas. Mas pensei: vou deixá-la achar que eu tive, provavelmente isso me torna mais atraente.

A verdade é que antes de Yena eu só tinha tido um único relacionamento longo. Barbra era quinze anos mais velha, nós nos conhecemos quando eu tinha dezessete e minha mãe tinha acabado de ser internada pela segunda vez — deixo a interpretação psicológica para o senhor. Quando minha mãe morreu, eu já morava com Barbra. Aluguei a casa da família, que agora me pertencia, pois meu pai tinha tirado suas coisas da garagem alguns anos antes, para um bando de estudantes, até que seis anos depois Barbra me perguntou o que eu acharia se sua nova paixão, Lilian, uma massagista de apenas vinte anos, fosse morar conosco. Nossas despedidas foram amorosas, não posso falar o contrário. Nós nos separamos como duas metades de uma torta, a faca nos cortou cuidadosamente para não atingir as florzinhas de marzipã. Barbra me ajudou a despejar os inquilinos da casa da minha mãe de maneira ordenada, e enquanto eu arrumava as malas que ela havia comprado especialmente para mim — ela não queria que eu carregasse caixas ou sacos de lixo —, eu me senti mais aliviada: no fundo sempre soube que jamais ousaria abandonar a mulher que tanto fizera por mim.

Naqueles primeiros dias sozinha, eu me senti livre na casa onde aprendera a falar e a tocar violão. Fiz coisas que nunca teria feito quando morava lá: empilhei os sacos de lixo na varanda e tomei café da manhã, almocei e jantei comendo sanduíches de pizza — como se dissesse para a casa que agora ela era minha, eu era a dona, doravante eu ditaria as regras. Passei dias jogando sozinha na cama ou no sofá com Mehran, que ainda era meu melhor amigo, na época. Mas então a geladeira pifou. O cortador de grama estava quebrado no galpão havia algum tempo, a grama subia até a varanda. A máquina de lavar, enquanto isso, estava vazando tanto que o banheiro inundava a cada lavagem, comecei a usar absorvente para poupar calcinhas. "Você precisa de coisas novas", Mehran falou certa tarde, quando lhe ofereci uma tigela de requeijão ralo. "Não é saudável ter uma geladeira quebrada", e ele me lançou um olhar severo até que eu admiti que não tinha dinheiro para comprar uma nova.

Então acabei no call center. Antes de Yena me convidar para sair eu tinha beijado Lorna (acho que ela estava esperando, principalmente, que dançar de maneira íntima comigo despertasse algo em Mitch), e creio que foi por isso que Yena perguntou se eu já tinha tido muitas garotas antes. E, cara, eu me arrependi de não ter contado a verdade de pronto. *Uma mulher, eu só tive uma mulher, e não transamos nos últimos três anos*, mas não, eu não disse isso. Fiz

Yena acreditar que eu era uma Casanova e a partir de então ela me perguntava o que eu achava de quase todas as mulheres que víamos na TV ou no celular. Que nota eu daria para aquela garota e seus lábios, se eu tivesse de classificá-los separadamente, se as nádegas daquela mulher eram muito mais redondas do que as dela, e se eu tentaria conquistar aquela linda atriz principal daquela série policial se ela aparecesse do nada na minha frente, se eu achava a garota do tempo, nossa vizinha, até sua própria irmã, realmente atraentes, e quem eu achava mais atraente: ela ou sua irmã, não, haha, isso tinha ido longe demais, né? "Brincadeira", Yena dizia.

    Comecei a ver que não era minha culpa. Era o ideal de beleza imposto pela sociedade, ansiedade de separação juvenil e ódio a si mesma, blablablá, material de revista feminina, mas isso começou a me atrair. Eu estourava a bolha de insegurança de Yena fazendo brincadeiras ao telefone, cada vez mais, e não queria perder nada, não queria perder *Yena*, pois ela ria das minhas piadas e me dizia que eu era bonita, e ela entendeu que nem tudo era bom, mas certos programas policiais sim, e à noite, quando ela descansava a cabeça no meu peito, que se encaixava perfeitamente em mim porque era bem pequena, ela fazia meu coração bater mais devagar

— mais devagar, sim, e era exatamente o que eu precisava. Então, depois das nossas primeiras semanas juntas, de maneira muito sutil, quase casual, ela começou a me pedir coisas, e eu vi seus desejos como um cumprimento de boas-vindas; direções agradáveis e concretas sobre como provar meu amor por ela.

Uma televisão grande, para que não tivéssemos de assistir à nossa série no meu laptop vacilante — ei, nós duas não nos beneficiaríamos disso? Um sofá-cama, para que a irmã dela não tivesse de dirigir cento e quarenta quilômetros ao voltar para casa. Um vestido de manga bufante, porque ela havia emagrecido e todas as outras roupas a lembravam do seu peso antigo. Uma calça com zíper alto, porque ela tinha engordado e não se sentia bonita em mais nada. Talvez um dia desses devêssemos sair para fazer uma refeição muito boa naquele restaurante com trepadeiras que vimos tantas vezes nas fotos de outras pessoas, porque nos falamos tão pouco nos últimos dias, e na próxima semana não vai fazer sete meses que estamos juntas? Uma viagem a Paris, talvez, porque sempre discutimos muito e eu não tinha te falado que devíamos fugir um pouco? Um toca-discos, então ela poderia praticar em casa, isso realmente se tornou um trabalho paralelo muito lucrativo e estava na hora de ela começar a escolher por si mesma; uma peruca, duas perucas, porque é claro que ela precisava ter uma imagem, e depois também uma câmera de verdade, porque é claro que ela tinha de vender sua imagem de maneira profissional.

A propósito, ela poderia dirigir para os shows muito mais rápido com um carro; e se ela tivesse um telefone melhor, pelo menos poderíamos só ficar conversando por vídeo quando ela estivesse fora por um longo tempo; e, merda, a boate onde ela deveria se apresentar não vendeu ingressos suficientes e aparentemente ela era parte fiadora quando a noite não lotava, filhos da puta com suas letras miúdas: será que eu tinha o dinheiro, talvez?

"Ela está te usando", Mehran disse uma noite em que Yena não estava. Jogávamos um novo jogo de tiro que ele trouxera, Mehran tinha acabado de atirar na cabeça de um monte de zumbis.

"Ela não está me usando, estou ajudando Yena com a nova carreira", resmunguei enquanto recarregava minha arma.

"Ela tem só quarenta seguidores nas redes sociais", Mehran falou, escondendo-se atrás de um barril de gasolina.

"Por isso mesmo, ela tem que crescer."

"Ela é interesseira."

"Interesseira." Eu ri e, balançando a cabeça, atirei num helicóptero no céu: "Cara, eu não tenho nada!"

"Então esse é o problema", Mehran replicou, "e você sabe disso", e ele abaixou o controle para me encarar, aí eu ganhei o jogo.

Tudo bem, sr. Stitic, agora o senhor sabe mais ou menos o que precedeu meu emprego na Hexa. Eu estava praticamente sem dinheiro quando entrei num café naquela segunda-feira antes de começar. Eu não via Yena fazia dois meses e sinceramente achei que tinha me esquecido dela, até comecei a me ressentir dela, para alívio de Mehran. Mas quando eu a vi sentada numa mesa muito baixa, de ombros curvados sobre o celular, senti que meu estômago gelou. Ela tinha feito algo nas sobrancelhas, eu já vira nos seus perfis nas redes, suas sobrancelhas de repente ficaram muito mais grossas, os pelos espalhados aleatoriamente se fundiram numa faixa grossa e escura, como se sua testa tivesse sido censurada. Eu não gostei, mas o esforço que ela fez me enterneceu: ela estava arrependida, falou nesse meio-tempo. Ela estava arrependida e sentia minha falta.

Eu também sentia falta dela, falei. E contei sobre meu novo emprego, e que minhas dívidas seriam resolvidas por si só porque eu tinha feito um acordo com a empresa de cartão de crédito — mas ela não se importou. Yena fingia que minhas dívidas não existiam, como um homem que engravida a namorada e depois a acusa de não tomar pílula: minhas dívidas eram minhas, um filho ilegítimo com quem ela não queria ter nada a ver. Era um comportamento babaca, claro, mas, quando nos despedimos com um abraço e um beijo demorado na boca, não a culpei por muito tempo — o feitiço "sinto sua falta" tinha dado certo: talvez devêssemos tentar de novo. Mas dessa vez não precisaríamos morar juntas de imediato, poderíamos ir devagar, dividir as contas de forma justa. Acredite ou não, foram nessas coisas que pensei nos meus primeiros dias na Hexa.

A cada intervalo, eu corria para os armários para conferir meu celular, ver se Yena já havia me mandado alguma coisa; sim, feito uma viciada trêmula, eu ficava lá com os poucos colegas que eram loucos o suficiente para ficar vendo uma tela atrás da outra. Celulares eram estritamente proibidos no andar, pois nada do que assistíamos podia ser fotografado ou gravado, e ali, encolhida nos armários, eu me sentia como um soldado no correio militar esperando por uma nova foto de passaporte da sua namorada, um rabisco para que ele saiba que ela está pensando nele. O estranho era: quando o soldado voltava do front por um dia, acabava sendo muito difícil encontrar a garota. Ela teve de ir a um clube do qual eu não sabia nada a respeito. Ou ela voltou a dormir com a irmã e só volta depois de amanhã. Ela não recebeu minhas mensagens porque seu celular estava quebrado, ah, ah, que compra ruim, ela realmente precisava de um novo: piscadela, piscadela.

"Corte logo Yena", Mehran disse numa sexta à noite. Ele pôs a mão entre minhas omoplatas, apoiando-as em vez de me confortar, como a mão de um pai nas costas de um filho aprendendo a andar de bicicleta. "Você merece coisa melhor", ele falou, e dessa vez eu não discuti.

Quando voltei ao trabalho, no domingo seguinte, escolhi um armário perto do chão para que fosse difícil de pegar o celular, e naquele dia saí durante o intervalo pela primeira vez em semanas, no frio fresco. Era final de novembro, grupos de colegas estavam encostados em muretas ou postes por toda parte, o sol estava baixo, lançando suas longas sombras sobre o estacionamento. As pessoas estavam com o que, na época, eu achava que eram garrafas de água e cigarros; por um momento eu estava com doze anos de novo e não tinha ideia de a qual turma do pátio da escola me juntar, até que vi Sigrid, Kyo e um menino desconhecido de colete com capuz sentado numa mureta, uma espécie de saliência que separava o estacionamento da garagem.

"Ei", gritei antes mesmo de chegar até eles. "Ei", Sigrid replicou. "Você é a Kayleigh, né?" Ela riu e puxou as luvas, aquele troço era muito pequeno e as mangas do casaco eram muito curtas, então não importava o quanto ela puxasse, seus pulsos ficavam descobertos, e demorou um tempo até que eu percebesse que essa coisa com a luva era um tique nervoso. Naquele momento, Sigrid parecia especialmente forte em sua jaqueta de couro apertada. "Estamos com um problema", ela falou, gesticulando para que eu me sentasse ao seu lado na mureta. "Robert acabou de ver um vídeo de um doido deitado na cama brincando com dois gatinhos mortos. Portanto, sem violência intrusiva contra animais, porque eles já estão mortos quando o vídeo começa." Sigrid olhou para Robert, o garoto de jaqueta com capuz. Eu me perguntei por que ele estava vestindo apenas um colete de algodão naquela temperatura, e Robert assentiu, encolhendo os ombros de frio. "Eles estavam bem duros", ele murmurou, e Sigrid continuou: "Você pode até pensar, deixa para lá, não é muito diferente das fotos de pessoas chorando a morte dos seus hamsters. Maaas!"

"O doido tinha postado anteriormente um vídeo matando mesmo os gatinhos", Kyo disse, entrando na conversa. Ele parecia ter copiado de Sigrid a palavra "doido", e na palavra "matando" sua voz falhou como um moleque — de uns dezessete anos, pensei outra vez — que deixa o bigodinho crescer.

"Então, de fato, *houve* violência intrusiva, entra na subcategoria de morte violenta de animais", Sigrid disse. "O garoto sufocou os gatinhos e talvez até tenha quebrado o pescoço deles, mas só dá para saber isso se assistir ao vídeo anterior, então o que você faz com um vídeo em que só dá para vê-lo *brincando* com os animais mortos?"

"Deixa para lá", respondi de cara. Sigrid, Kyo e Robert me olharam interrogativamente e por um momento me senti um verdadeiro oráculo. "Desde que não haja comentários cruéis, claro. Sem texto, o vídeo atende às diretrizes, o vídeo anterior não conta. Jayme não pode fazer nada se você deixá-lo para lá."

Sigrid assentiu. "Eu te falei", ela disse, e Kyo sorriu, feliz porque a discussão talvez tivesse acabado, mas Robert apenas balançou a cabeça. "Saco, então fiz algo errado", e acendeu um cigarro enrolado com os dedos levemente trêmulos.

Robert, Kyo, Sigrid. E depois Souhaim e Louis também. Essas seriam as pessoas mais significativas nos meus meses na Hexa, e eu realmente passaria a amá-las. Sigrid e os meninos já haviam se encontrado antes, embora eu nunca tenha entendido bem o que os unira, talvez fosse simplesmente o que me atraiu neles: nossas condições de trabalho, no sentido mais amplo da palavra. Assim como eu, Kyo, Souhaim e Sigrid pertenciam à turma de outubro, que apresentava um desempenho razoável. Eu dividia a maioria dos turnos com Robert, Louis e, de novo, Sigrid — por exemplo, Sigrid e eu víamos Louis com um pouco mais de frequência do que Souhaim, que ocasionalmente também fazia o turno da noite. Além disso, meus novos colegas eram os únicos que sabiam o que eu via durante o dia, o que sentia e o que significava, embora falássemos muito pouco sobre isso; durante o horário de trabalho, discutíamos principalmente sobre o que remover e o que não remover. Às vezes, alguém dizia: "Acabei de ver algo realmente horrível, cara", e nós apenas assentíamos e sabíamos que devíamos deixá-lo sozinho por um tempo. Fora do horário de trabalho, no entanto, era outra história, totalmente diferente. Quer saber como era? Vamos lá, então: deixe-me levá-lo ao nosso café favorito.

Um bar de esportes na frente de um ponto de ônibus da nossa área de escritórios, localizado ao lado de uma loja de ferragens, uma concessionária de carros e dois restaurantes de beira de estrada que competem ferozmente entre si e recentemente começaram a oferecer refrigerantes grátis com ofertas de rodízio. Era dezembro, noite de Natal, ainda por cima, eu estava trabalhando na Hexa havia dois meses e, desde aquele único intervalo com Sigrid, Robert e Kyo na mureta, eu só ficava sentada batendo no B-52 noite após noite. Depois de um novembro rigoroso, estávamos vivendo uma temporada de férias amena, mas chuvosa. Na Hexa havia uma árvore de Natal no salão e luzes piscando nas janelas do bar de esportes; ainda não sei se essas luzes ficam lá o ano todo. Quem podia saber disso era Louis, que trabalhava na Hexa havia mais de um ano e reclamava com frequência da rapidez com que as pessoas ao nosso redor mudavam de emprego: temos de prometer que vamos ficar, às vezes ele dizia, o que achávamos lisonjeiro, claro. Souhaim, que é um pouco mais velho do que o resto de nós e estudou francês, estava sentado ao lado dele. Antes disso, Souhaim fazia trabalhos de tradução freelance, mas os freelas diminuíram e até o ano passado ele quase só produzia HITs, *human intelligence tasks*: trabalhava de casa para subcontratados on-line que lhe pagavam uma quantia escassa para traduzir uma bula de medicamento ou um manual de forno. Na Hexa, prometeram-lhe que seria promovido em breve, talvez como EA para o mercado francês, mas, quando Souhaim perguntava, ninguém sabia dizer quando seria — eu também não sabia de tudo isso, nessa véspera de Natal, porque Souhaim raramente falava de si mesmo. Ele preferia ensinar sobre as diferenças de qualidade entre todos os tipos de cerveja, era extremamente generoso nas rodadas, raras vezes o acompanhávamos e naquela noite também despejamos nossas sobras nos copos meio vazios uns dos outros: quem tivesse menos pegava o máximo, tudo bem automático: a rotina sinalizava nossa camaradagem.

Olhe, estava tocando "All I Want for Christmas Is You" no rádio. Na estrada atrás de nós, as pessoas estavam engarrafadas, no caminho para se encontrar com suas famílias, as igrejas estavam se enchendo para missas, orações em manjedouras de plástico e reflexões sobre o ano passado, talvez, e qual era o assunto das nossas conversas naquela noite, estávamos falando de quê, sentados nos nossos bancos de bar?

Sobre absolutamente nada. Sim, conversávamos e ríamos e, graças a Deus, relaxávamos enquanto apontávamos para a partida, um replay, nas telas acima de nós. Como sempre, Louis gritava bem alto e, antes mesmo de levar sua segunda cerveja aos lábios, ele bradou que aquele gay lento deveria aprender a correr, pelo menos uma vez na vida.

"Minha nossa, que bicha preguiçosa, eles nunca vão marcar assim, estão demorando para esmagar os adversários mais do que Hitler demorou para esmagar os judeus — ei, gente, olhem o que acabou de entrar! Não, não olhem logo, idiotas, agora, agora, um pouco à direita, ali está ela, olhe só, você acha que alguém já a pegou sem vomitar antes? Tomara que ela e seus duzentos quilos não se sentem aqui, aí não vamos conseguir ver nada. Ei, Robert, sente logo naquele banco vazio antes que a sapata fique na nossa frente!"

E nós rimos, sabe. Sim, todos riram, e, embora Kyo estivesse um pouco acima do peso ("gordura de bebê", como dizíamos), eu sou homossexual, Souhaim é negro e o próprio Louis é judeu, ríamos desse tipo de piada por hábito e reconhecimento, porque é essa linguagem que gays, judeus, negros ou qualquer outra minoria, em suma, encontra no trabalho o dia inteiro. Estamos ridicularizando a linguagem quando dizemos que os judeus tomaram conta do nosso café, porque, olhe como hoje em dia as porções de nuggets são pequenas?

Eu gostaria de poder dizer *sim*, mas não é bem assim. O.k., o fato de usarmos esse tipo de humor é uma piada por si só, ou seja, também vemos que é bastante irônico dizermos as mesmas coisas que removemos durante o dia todo — mas nossas piadas são mais um flerte excitante com o proibido do que uma forma de comentário moral, e talvez também apenas uma maneira de provar o quanto somos fortes e vitais, para nós mesmos e uns para os outros: não, não vamos deixar nosso trabalho nos prejudicar ou algo assim — embora, se nos ouvirem falar assim, talvez pensem exatamente o contrário, e talvez seja possível que eu esteja dando muita bola para isso, talvez os outros tenham achado as piadas sobre "gays lentos" bem engraçadas. De qualquer forma, acho que nenhum de nós ficava ofendido, apenas Souhaim às vezes dizia algo como "Ei, cara, assim não dá", levantando a sobrancelha, o que poderia expressar tanto aborrecimento quanto indiferença. Naquela véspera de Natal, nossa atendente favorita interveio gentilmente. "Por conta da casa", Michelle disse, colocando uma bandeja cheia de doses no bar. "E paz na Terra, né?"

"Sim, paz na Terra, cacete", dissemos, forçando nossos dedos em curvas não naturais para tilintar os copos minúsculos; as bebidas fluorescentes espirraram nas bordas e nos deixaram com as mãos pegajosas pelo resto da noite.

Foi Kyo, o mais novo da turma, quem primeiro usou a palavra "amiga". Aconteceu depois de um incidente no final de janeiro. Estava escuro havia dias e nos sentíamos muito tristes e destroçados depois das férias, quando muitos moderadores estavam de folga e o resto teria de trabalhar em turnos duplos ou até triplos. "Olhe!", alguém gritou de repente, acho que Louis. "Tem alguém ali!"

Nós olhamos lá fora e, de fato, no telhado do prédio do outro lado da rua estava um homem, não muito longe, acho que ele se encaixaria direitinho entre o polegar e o indicador estendidos da minha mão. O homem deu um passo à frente, em direção à beira, e todos nos levantamos, até Jaymie e outros dois EAS. Então ficamos ali, cerca de oitenta pessoas amontoadas nas janelas, enquanto os cronômetros tiquetaqueavam nas nossas telas: o homem deu um passo para trás, era o início de uma corrida? De onde estávamos podíamos ver claramente aonde ele iria parar, havia apenas alguns carros no estacionamento, um conversível poderia amortecer a queda, pensei na hora. Em vídeos desse tipo geralmente não se vê o chão, e nesses casos podíamos deixar as imagens postadas, mas isso não era uma façanha, uma brincadeira ou um ato de ativismo, íamos ver sangue mesmo, talvez até órgãos internos, então não seria permitido que se postasse, lembro-me de que pensei, talvez até os outros tenham pensado a mesma coisa, mas ninguém disse nada, até que Louis gritou: "Cacete do caralho, pule logo!" Alguns colegas riram de nervoso, mas o rosto de Louis se contraiu. Sua voz cedeu à ansiedade na palavra "caralho" e ele percebeu que todos nós tínhamos ouvido. "Temos de fazer alguma coisa", alguém falou, e, embora tenha havido um zumbido instantâneo de aprovação, ninguém fez nada.

Sim, o que deveríamos fazer? Não estávamos com nossos celulares, nosso departamento nem sequer possuía telefones fixos, de tanto medo que a plataforma tinha de que pudéssemos repassar os dados pessoais de usuários malcomportados (para quem, pelo amor de Deus?). Olhei para Jaymie, mas ele também não fez nenhum movimento para pegar o celular no armário, ficamos parados olhando para o telhado, como se pudéssemos apanhar o homem com os olhos.

Olhei para baixo novamente e só então a vi. Quatro andares inferiores, lá embaixo, alguém estava atravessando nosso estacionamento privado do outro lado da rua. "Quem é?", falei baixinho, mas já sabia quem era, embora mal acreditasse; o tempo todo era como se eu estivesse assistindo a um vídeo e agora um conhecido aparece de repente na tela, alguém que estava aqui ao meu lado, como aquele filme de terror da garota que sai da TV, mas ao contrário.

"Ei, é Sigrid!", Kyo disse, e ele parecia exultante, como se de repente visse correr o cavalo em que apostara. Estávamos olhando para ela, uma bola preta rolando em direção ao prédio do outro lado da rua até ser engolida por duas grandes portas de vidro deslizantes. Senti meu pescoço esquentar. Sigrid chegaria na hora? E por que *eu* não tinha descido mesmo?

Voltamos a olhar para o telhado. "Uau", veio uma voz próxima a mim, pois tinha aparecido um segundo homem. Os dois homens curvaram-se ao mesmo tempo, pareciam estar ajoelhados diante de algo, um ser supremo que os abençoaria no céu cinzento de janeiro, mas os homens não ergueram os olhos, olharam para baixo e começaram a bater em alguma coisa, fazendo movimentos amplos, quase teatrais, com os braços.

"Minha nossa", Louis disse, "são só operários da construção civil!" O tremor em sua voz não tinha desaparecido completamente.

"Caramba", os outros falaram, "operários desgraçados!", e soaram revoltados, como se o homem no telhado tivesse pedido ajuda e nos enganado de propósito. Assim que nos levantamos, retornamos para nossas mesas, onde descobrimos que tinham se passado nove preciosos minutos.

Quando Sigrid regressou, estávamos todos de volta ao trabalho. Ela deve ter suspeitado que já sabíamos o que estava acontecendo, mas permaneceu parada na porta. "Está tudo bem, gente", ela falou, articulando num tom alto e claro, "está tudo bem, eles estão só consertando o telhado".

Algumas pessoas e eu assentimos — "O.k., bom saber, obrigado, Sigrid" —, mas Louis, Louis, é claro, começou a gritar de novo. "O.k., cuzona, nós já sabíamos!"

Ele não quis ser malvado — para nós, "cuzona" era mais um apelido do que um palavrão —, mas Kyo se levantou. Determinado, ele caminhou até a mesa onde Louis estava sentado e todos ao redor olharam. "Calma, cara!", disse Kyo. "Não é assim que se fala com uma amiga" — e antes que Louis pudesse responder, Kyo foi até Sigrid, que ainda estava parada na porta. Ele pôs os braços em volta dela e ela o acolheu solenemente, e pela segunda vez em quinze minutos me xinguei por não ter agido: houve várias oportunidades de dar uma de heroína naquela manhã e eu só fiquei sentada vendo.

Durante o intervalo, o clima era diferente, mas de uma maneira agradável: nós nos comportamos de maneira exuberante, gritamos, e talvez até tenhamos dado risada. Apesar de termos ficado muito chocados com o homem no telhado, parecia que não havia acontecido nada, o que sentíamos agora era uma mistura de alívio e doce autopiedade, pois o que nos levou a acreditar que aquele homem iria pular?

"Vimos uns quinhentos mil vídeos disso", murmurou Robert, de olhos vermelhos, sentando-se na nossa mureta, nós concordamos e provavelmente nos sentimos tão nobres quanto patéticos. Robert passou o cigarro para a roda. A essa altura, eu sabia que havia uma quantidade injustificadamente alta de haxixe no seu tabaco e em geral eu costumava rejeitar as invencionices de Robert, mas dessa vez resolvi puxar uma, dessa vez todos puxamos uma, Robert, Sigrid, Souhaim, Kyo e até Louis, e tenho certeza de que as palavras ditas por Kyo naquela tarde ecoaram na nossa cabeça: *Não é assim que se fala com uma amiga*; uma amiga, sim, éramos amigos — até onde eu sabia, aquilo nunca fora dito com tanta clareza e parecia que algo havia sido selado, é verdade: no calor da batalha, o amor não se deixara extinguir, algo assim.

Olhei para Sigrid. Ela estava prestes a dar um terceiro trago. Olhei para seu rabo de cavalo apertado, seus dedos longos e magros passando o cigarro para Louis de novo e depois abrindo uma manteiga de cacau: quem era essa mulher afinal, o que eu sabia sobre ela?

Olhei para ela um pouco demais. Sigrid me pegou no flagra e deu uma risada punitiva.

Naquela noite nos beijaríamos pela primeira vez. Depois do trabalho, Robert passou um segundo cigarro e, no ponto de ônibus, tomamos um gole da garrafinha chique de Souhaim, então quando entramos no bar de esportes, por volta das sete, ainda nos sentíamos exultantes. Na verdade, estávamos gritando como se tivéssemos ganhado alguma medalha olímpica. As pessoas dançavam no local. Isso raramente acontecia no bar de esportes, mas Michelle deve ter percebido o humor da sua clientela e pôs a playlist no volume máximo. Uma garota da nossa turma estava beijando um sujeito grandalhão, demorei para reconhecê-lo; era John, que sempre usava camisa xadrez azul no trabalho, mas agora seus quadris balançavam sob uma camiseta ensopada, com o tecido encharcado de suor, embora não estivesse muito quente lá fora nem ali dentro.

Eu não dancei, fui me sentar numa das últimas banquetas livres. Sigrid veio e ficou ao meu lado, a música estava muito alta para que uma ouvisse a outra e, por consequência, só ficamos tomando shots; então, para ser honesta, minha memória do nosso primeiro beijo é bastante vaga. Depois, quando Sigrid e eu ficamos sem nos ver por um tempo, eu invocaria aquele beijo enquanto me masturbava e minha memória dessa fantasia é mais nítida do que minha memória daquela noite em si. Na fantasia, Sigrid continua me encarando. Ela faz de tudo para me tocar, me aperta deliberadamente enquanto pega uma cerveja na bandeja. Na fantasia, eu ponho a mão na sua coxa, e ela balança a cabeça e fica vermelha, e então vou ao banheiro e ela vem atrás de mim. Ela puxa meu ombro para me virar em sua direção e eu a jogo contra a parede; bloqueamos o corredor já estreito dos banheiros e, quando nossos lábios se tocam, eu geralmente gozo, e se não, mudo para outra memória, uma imagem de algumas semanas depois: estamos na minha cama e Sigrid está sentada sobre mim, "mais fundo, mais fundo", e ela faz uma careta feia e excitada ao mesmo tempo, e pensar naquele olhar, naquele rosto contorcido de prazer que também se assemelha a alguém de luto, sempre funciona. Mas se o senhor me perguntar como foi nosso primeiro beijo, suspeito que: não muito diferente do beijo de John com sua camisa molhada e a garota da minha turma. Duas pessoas que sentem em algum lugar do seu íntimo que provavelmente estão sendo observadas, mas se empolgam mesmo assim uma com a outra e apenas rolam montanha abaixo, o álcool sendo sua gravidade. "Vocês ficavam falando em línguas", Kyo disse na manhã seguinte, "vocês não paravam de falar em línguas!" Ele parecia superanimado, como se fôssemos seus pais divorciados que tinham reencontrado o amor na noite passada: acho que todos nós rimos, acima de tudo pelo contraste entre o entusiasmo de Kyo e nossa cabeça de ressaca.

 Quando meu interesse por Sigrid se transformou em paixão? Acho difícil apontar um momento exato, porque nós duas ficamos bastante indiferentes em relação àquele primeiro beijo.

No entanto, depois disso, comecei a querer mais. Naquela semana, quando alguém sugeria que fôssemos ao bar, Sigrid sempre me perguntava, antes de concordar, se eu iria também, e isso me dava dor de barriga. Começamos a nos beijar cada vez mais, e nas noites em que não rolavam amassos eu ia para a cama à noite me perguntando se tinha feito muito poucos avanços, apenas para morrer de vergonha na manhã seguinte porque, de repente, tinha certeza de que havia me esforçado demais. Comecei a beber mais. Às vezes durante os intervalos, sempre no ponto de ônibus. Mas todos nós começamos a beber mais; uma tarde, Sigrid esvaziou o cantil de Souhaim de uma só vez, ao que Louis aplaudiu e Souhaim deu-lhe um olhar fingido de indignação.

 Certa manhã, duas semanas depois do primeiro beijo, Sigrid do nada me disse que não iria comigo ao bar de esportes naquela noite. Fiquei assustada, senti-me flagrada e zombada: por que ela tinha de me dizer isso às nove da manhã, e por que parecia tão arrependida? Eu tinha sido tão óbvia assim? Para provar que não me importava se ela ia lá ou não, naquela noite fui ao bar de esportes apenas com Robert e Louis e não conversamos muito, mas o bom foi que quase não bebi e voltei para casa mais cedo para dar uma dedada antes de dormir, o que significou que na manhã seguinte, pela primeira vez em dias, fui trabalhar sem estar de ressaca.

"Eu vou com você de novo esta noite", Sigrid sussurrou enquanto caminhávamos para o nosso lugar de sempre no estacionamento naquela tarde. Embora eu gostasse da perspectiva, fiquei um pouco ofendida. "Faça o que quiser", falei no tom mais sem graça possível, e então Sigrid fez algo que não tinha feito antes. Ali, na nossa mureta, ela pegou na minha mão pela primeira vez. Parecia um gesto quase descuidado, feito com a naturalidade de quem tira o celular do bolso. Ela nem olhou para mim, continuou falando com Souhaim sobre sei lá o quê. E por um momento eu quis afastá-la, mas em vez disso comecei a apertá-la. Simplesmente aconteceu, quase de forma automática, apertei seus dedos com toda a minha força, até que ela não pudesse nem mais soltá-los.

Foi nesse momento? Nesse momento que me apaixonei de verdade? Talvez não, sr. Stitic. Talvez a paixão não seja preencher um cupom cheio de certos sentimentos e comportamentos, mas sim uma simples soma de desejo mais medo. Totalmente do nada, a saudade estava ali, na verdade estava desde o primeiro beijo, mas o medo cresceu aos poucos: o medo de que ela não fosse ao bar à noite, o medo de que não nos beijássemos dessa vez, o medo de que ela mudasse de ideia — foram praticamente esses os estágios da minha paixão.

A primeira vez que transamos não foi memorável. A primeira vez que acordamos juntas foi, porque, mesmo sendo cedo pra cacete, seis e quinze da manhã, aceitei pegar um turno extra.

Ainda estava escuro quando entrei no posto de gasolina mais próximo para comprar café e muffins de chocolate. Os outros dois clientes viram uma figura mal-humorada, de ombros caídos, talvez até desconfiada, de calças de moletom e gorro preto, mas, cara, havia uma mulher linda na minha cama, e quando chegou minha vez de pagar eu estava tão eufórica que disse ao garoto no caixa que ele podia ficar com o troco, mesmo que fosse o suficiente para um maço de cigarros.

"Me conte sobre o seu relacionamento", disse a dra. Ana durante nossa segunda sessão.

Estávamos numa sala que parecia, de modo suspeito, com uma sala de estar, e me perguntei se a dra. Ana ficava sentada ali sozinha lendo o jornal à noite. Quadros de arte estampavam as paredes e não havia caixa de lenços sobre a mesa; a dra. Ana tinha dito que eu poderia tirar os sapatos se quisesse, mas os mantive.

"Conto o quê?", perguntei.

"O que vier à mente", disse a dra. Ana, aquecendo as mãos no copo de chá.

"Não sei o que a senhora quer ouvir", respondi, e a dra. Ana continuou a sorrir gentilmente e disse que não havia respostas certas ou erradas.

Devo ter parecido uma caipira que não quer cooperar com a própria terapia. Isso não é necessariamente verdade: tia Meredith estava proporcionando o tratamento para mim, e senti que devia dar uma chance à dra. Ana, por causa da minha tia (e da sua carteira). Eu também sabia que as coisas costumam passar mais rápido quando você coopera e, sabe, eu *gostava* da dra. Ana, achava bom que ela me fizesse chá. Mas eu tinha de ter cuidado. Naquele momento, eu saíra da Hexa havia dois meses e não vira Sigrid durante todo esse tempo. O que a mulher à minha frente queria que eu dissesse, o que ela achava que poderia descobrir?

"Que tipo de coisas vocês faziam juntas naquela época?", a dra. Ana perguntou. Olhei para a pintura atrás dela, uma figura escura, mais uma sombra do que humana, seus braços mais pareciam bastões e alcançavam algo. Talvez por causa daquela estranha obra de arte, talvez por causa do silêncio empático da dra. Ana, de repente senti como se algo preto e pegajoso estivesse se infiltrando em mim.

"Fazíamos juntas o que costumávamos fazer sozinhas", por fim respondi. "Trabalhar, dormir e ir ao bar de esportes" — e era verdade, sr. Stitic.

Só não era toda a história.

Sigrid era cinco anos mais velha do que eu. Ela morava num apartamento pequeno, mas decorado com bom gosto, que nunca visitamos. Ela não tinha vontade de ter filhos, não tinha dívidas, durante sete anos havia namorado um homem, com quem ainda mantinha contato próximo, até porque eles compartilhavam um pastor-alemão. O cachorro morava com o ex dela porque o tal de Pete tinha uma casa maior: a cada duas semanas, todo domingo, Sigrid passeava num enorme lago com o ex-namorado Pete e o cachorro Mickey (e eu me derretia quando via as fotos dela com o leãozão).

Sigrid não se arrependia de nada, ela sempre dizia isso. Bem, exceto por uma coisa: que nunca havia estudado. Aos dezessete anos, ela não quis ir mais à escola e seus pais acharam que a filha tinha razão quando lhes disse que a faculdade não era para ela; Sigrid ainda os culpava, repetia tantas vezes que a opinião deles tinha sido motivada pelo lado financeiro que comecei a suspeitar que talvez ela mesma não estivesse muito convencida disso. Sigrid trabalhou no setor hoteleiro durante anos, havia sido rebaixada de dançarina a atendente de bar, ela brincava, mas seus joelhos a incomodavam, estava cansada daqueles turnos da noite, e com seu novo emprego na Hexa esperava poder pagar uma faculdade, mais à frente.

    Nós íamos cada vez menos ao bar de esportes. Também podíamos nos embebedar em casa e era mais barato. Além disso, intimamente, eu não queria muito dividir Sigrid com os meninos nas semanas depois da nossa primeira noite, eu queria muito conhecê-la, saber tudo sobre ela, parar de desperdiçar nossas escassas horas livres falando sobre metas absurdas e o tamanho dos copos de cerveja europeus *vs.* os americanos. E, ah, eu também gostava de, às vezes, ir para a cama antes da nove para que não estivesse muito cansada e pudesse dar umas dedadas gostosas nela.

Sigrid era muito diferente de Yena. "Vou cozinhar hoje à noite", ela falou uns dias depois. E por um momento achei que tinha encontrado uma deusa da cozinha, mas essa conclusão foi prematura, pois naquela noite o macarrão estava pastoso e o molho de tomate, muito aguado. Sigrid começou a rir quando terminei meu prato. "Desculpe, foi um fracasso. Nunca pensei que você fosse comer isso!" Eu ri, surpresa e aliviada, mas também um pouco envergonhada, uma vez que fingi gostar da comida porque, caso contrário, achei que Sigrid ficaria brava (Yena com certeza ficaria brava). "Achei tão fofo que você não quis me magoar", ela ficou falando pelo resto da noite.

Sigrid parecia muito segura de si, ela também diferia nisso de Yena. Sigrid sabia claramente o que estava fazendo e o que queria, então não teve nada de "primeiro conferir" ou "dar uma olhada", ela havia *me* escolhido, a cachorrinha mais bonita da ninhada, e não pareceu duvidar nem por um momento exatamente do que eu sentia por *ela*. Com razão, porque essa mesma determinação que achei terrivelmente atraente só fez aumentar meu respeito por ela, embora eu estivesse um pouco cautelosa, naqueles dias de lua de mel, em especial quando Sigrid ia fazer compras duas ou três vezes por semana. Ela sabia que eu estava endividada e insistia em pagar tudo; ela não teria aceitado nem um tomate meu. E, no entanto, nas primeiras vezes que Sigrid depositou as sacolas plásticas brancas na minha mesa, achei difícil acreditar que nunca apareceria um recibo, e durante semanas deixei um dinheiro reservado para o caso de isso acontecer. Mas Sigrid nunca pediria nada; na verdade, depois de um mês e meio juntas, ela me perguntou o que eu queria para o meu aniversário de vinte e sete anos, que se aproximava. "Nada!", respondi, pois eu sabia quanto ela ganhava, e sabia para o que ela estava economizando. Fiz com que ela jurasse que não me compraria nada, e ela se conteve, mas por fim acabou me dando um presente maravilhoso, que me faria abandonar meus últimos vestígios de suspeita.

Nós duas estávamos de folga naquela manhã e ela tinha feito o café da manhã, torradas, ovos, suco de laranja, todos os acompanhamentos. Havia um envelope na minha caneca: "Um e-mail do meu veterinário", Sigrid falou.

"Como assim?"

"Leia logo!"

Foi muito fofo. Cara, eu chorei quando li o e-mail, porque aquela mensagem era sobre algo do passado, algo que contei *só* para Sigrid.

A história do meu hamster Archibalt.

Eu tinha sete anos quando ganhei o bicho. Archibalt era grande demais para um hamster, tinha olhos enormes e uma pelagem dourada brilhante, tão fofa e bonita que, se o vissem apenas em fotos, duvidariam que ele era real. Sempre que eu voltava da escola, o bichinho puxava as barras da gaiola com suas pequenas patas da frente, balançando seu corpo num movimento acrobático em direção ao teto de treliça. Ele ficava pendurado de cabeça para baixo feito um bicho-preguiça, era como ele costumava me cumprimentar. Como agradecimento, eu lhe dava um pedaço de biscoito, que ele enfiava nas bochechas assim que voltava para a segurança da serragem. Todas as noites eu me sentava ao lado da sua gaiola, dizia a ele quais crianças da minha sala quiseram falar comigo naquele dia, e depois de um ano ou dois eu também o atualizava fielmente sobre como minha mãe estava indo e o que meu pai disse que o médico tinha dito. Archibalt sempre ouvia, fechava os olhos quando eu lhe fazia cócegas atrás das orelhas com o dedo indicador. E quando penso em quanto esforço ele deve ter feito para vir até mim de cabeça baixa, sinto vontade de abraçá-lo. "Ah, Archibalt!", suspirei na primeira vez que contei a Sigrid sobre ele. Ela tinha acabado de me mostrar uma foto de Mickey, o pastor, e estávamos, imagino, naquele estágio do relacionamento em que as conversas às vezes soam um pouco como entrevistas: tínhamos conversas intermináveis que revelavam que a quantidade de amor que uma sentia pela outra não correspondia exatamente à quantidade de informações que uma tinha da outra; fazendo perguntas, tentávamos compensar a diferença, imagino, e contei a Sigrid tudo o que conseguia me lembrar de Archibalt, até mesmo sobre como terminou nosso período juntos.

Certa tarde, meu pai me pegou na escola mais cedo do que de costume. Minha mãe ia fazer uma cirurgia, ele avisou que seria uma longa noite. Às onze e meia ainda estávamos na sala de espera, meu pai perguntou se ele deveria me levar para casa e eu pensei em Archibalt, que ficara correndo sozinho na serragem durante horas. Mas meu pai parecia cansado e achei que tinha visto em seu olhar que ele não estava com nenhuma vontade de dirigir para cima e para baixo, ele ia dormir no hospital e, para ser sincera, acho que eu preferia não ficar sozinha naquela noite. Quando chegamos em casa, na tarde seguinte, Archibalt tinha ficado sem comida ou bebida por quase quarenta e oito horas. Assim que entrei no meu quarto, fiquei agradavelmente surpresa quando ele começou sua movimentação rotineira. Ficou pendurado, meu pequeno e forte Archibalt, orgulhosamente de cabeça para baixo. Ele mal reagiu quando segurei um pedaço de biscoito na frente do seu focinho. Acariciei sua cabeça com cuidado, na minha memória ele fechou os olhos devagar, mas de maneira digna. Então de repente seu corpinho começou a tremer, como o de um corredor cruzando a linha de chegada, rapidamente tirei Archibalt da gaiola e o deixei no meu colo. Archibalt pesava tão pouco que era como se eu tivesse uma ameixa nos joelhos, ele sempre foi assim, mas dessa vez a ameixa não rolou para cima e para baixo como de costume, dessa vez minha ameixa ficou parada e não abriu os olhos.

  Eu sempre soube que tinha sido minha culpa. Ao contar a Sigrid o pecado que havia cometido quando tinha quase onze anos, senti como se tivesse deixado que ela entrasse no porão da minha alma. Mas Sigrid não parecia chocada ou surpresa, e sim pensativa, como se eu a tivesse presenteado com uma quantia que eu mesma não sabia quanto valia. "Hummm", ela fez. "Mas um hamster pode ficar sem comida por um tempo, né? Quantos anos você disse que Archibalt tinha?" Ela disse alguma coisa na linha de que provavelmente não foi minha culpa e achei fofo, mas não acreditei nela, é claro, e agora, no meu aniversário, de repente encontrei aquela mensagem com minha xícara de café fumegante.

"Considerando que a gaiola não estava totalmente exposta ao sol ou a corrente de ar", li, "é bem possível, e até provável, que o animal tenha morrido de velhice. Os hamsters costumam ficar dois dias sem comida, muitas vezes a estocam". Tinha a assinatura do veterinário que castrou o pastor de Sigrid.

Foi o melhor presente que alguém já tinha me dado, mas não falei isso. Acho que estava com medo de que não soasse crível e que eu só ofenderia Sigrid com minha gagueira desengonçada. Deixei que ela me abraçasse e passei o resto do dia pensando na mensagem, e, durante o trabalho, fiquei sorrindo de leve ao assistir a um vídeo de um homem de macacão vermelho sendo baleado nas costas por um atirador distante e invisível.

"E o que você sentia exatamente quando estava com ela?"

Acho que essa foi a pergunta seguinte da dra. Ana na tarde em que conversamos sobre Sigrid.

"O que eu sentia?", perguntei.

"Sim, o que você sentia quando estava com ela?"

"Eu me sentia bem. Eu me sentia absolutamente fantástica."

"Por que você acha isso?"

Deve ter sido por causa de clichês bobos, que, se eu os mencionasse, depreciariam não só

Sigrid, mas minha eloquência, e a dra. Ana não devia achar que eu era simplória, embora a conversa fosse dura. Então contei sobre o presente de aniversário de Sigrid, e a dra. Ana escreveu alguma coisa, soprou seu chá e assentiu com a cabeça como se ela mesma tivesse estado lá, refrescando sua memória com minhas experiências. "Tudo me parece muito bom", ela disse.

Assenti, tomei um gole do meu próprio chá e de repente fiquei orgulhosa. Um orgulho estranho, como se estivéssemos na minha formatura e a dra. Ana me tivesse dito que eu havia passado. Por um momento fiquei aliviada, mas naquela tarde, quando caminhei até o metrô, a sensação se esvaiu. Fora tolice contar à dra. Ana sobre Sigrid. Comecei a andar cada vez mais rápido, não olhei para trás e desliguei o celular. Como se uma desapontada dra. Ana pudesse me ligar a qualquer momento para me dizer que eu seria reprovada, porque ela sabia que eu havia falsificado minhas notas escolares.

Acho que estávamos juntas havia sete semanas quando Sigrid leu um livro sobre nutrição e cérebro. Precisávamos de mais vegetais, ela falou, e muito mais ácidos graxos e proteínas: "Então naturalmente nos sentiremos melhor." Naquela noite, não perguntei o que ela queria dizer com: então naturalmente nos sentiremos melhor. Em vez disso, eu falei, apenas meio provocante: "Sim, querida, nós bebemos pelo menos quatro latas de cerveja por dia, isso também não é bom, né?"

"Mas nós precisamos disso", Sigrid disse com firmeza, e então eu apenas calei a boca.

Não muito tempo depois, chegou em casa uma caixa grande. Sigrid havia encomendado onze sacos de bagas goji e algumas frutas secas e sementes. "Açaí e chia", ela disse, "bom para nossa cabeça".

Franzindo o cenho, observei enquanto ela amontoava saquinhos de chá de diferentes sabores numa caixa para abrir espaço para seus novos pacotes no meu armário da cozinha. "Quanto foram as bagas goji?", eu me ouvi dizer. "Acho que você devia ter comprado mirtilos." Mas Sigrid balançou a cabeça com firmeza. "Mas essas daqui têm curas extras, *supersaudáveis*."

"Superbom marketing", falei, mas Sigrid deu de ombros e fechou o armário de maneira um tanto solene, como se as bagas lá dentro devessem ser deixadas sozinhas para permitir que seus poderes especiais crescessem.

Naquela noite, Sigrid estava muito mais quieta do que de costume. Quando perguntei se tinha acontecido algo, ela disse que estava com dor de estômago, e lhe dei água quente para beber.

No decorrer da primavera, Sigrid e eu começamos a ter cada vez mais momentos como o das bagas goji. Sigrid baixou um aplicativo de meditação e sugeriu que eu fizesse o mesmo. "Talvez também te ajude", ela disse. Eu ri e disse que não achava que desse para meditar num celular. "Tá", respondeu seca, e claramente excluiu o aplicativo na minha frente, mas alguns dias depois vi de novo o logotipo da meditação na tela dela e logo entendi como um travesseiro havia ido parar no meio da sala de estar à tarde.

Não muito tempo depois, ela ficaria brava de verdade comigo pela primeira vez. Estávamos no estacionamento em frente ao nosso escritório e as coisas não estavam indo bem para Robert. Isso foi pouco antes daquele negócio do taser, e Robert tinha parado de passar seus cigarrinhos — durante alguns dias ficamos vendo-o fumar suas famosas criações por conta própria. "Não sei quanto tempo aguento ficar assim", Robert falou, e nós assentimos. Sabíamos do que ele estava falando, na semana anterior tivemos uma notícia muito ruim: posts de pornografia e spam agora seriam encaminhados diretamente para uma nova equipe de moderadores na Índia. A partir de então nos concentraríamos principalmente em violência, abuso e mais "questões sensíveis à cultura" — ameaças, posts em que a linha entre ironia e racismo é tênue, esse tipo de coisa. O problema era: pornografia e spam sempre eram superclicados, tornando possível lidar com quinhentos "bilhetes" por dia. Agora que estávamos exclusivamente sobrecarregados com os "bilhetes" mais difíceis, nossa motivação caiu junto com nossas pontuações: "Minha classificação ficou abaixo de 80%, de novo", Robert falou, e Sigrid, minha querida Sigrid, tentou acalmá-lo. "Amanhã te trago um pouco de valeriana", ela prometeu, "pingue no seu chá". Ainda não entendo por que não dei um aceno e um tapa nas costas de Robert como Kyo e Louis fizeram, mas não, não. Em vez disso, falei dando uma piscadela: "Não se sinta obrigado a aceitar essas coisas", e Sigrid, do nada, pareceu tão brava que não ousei olhar para ela pelo resto do intervalo.

"Por que você não está falando mais nada?", perguntei a ela no ônibus.

"Porque você só fica me sabotando", Sigrid sibilou.

Privação de sono, disse a mim mesma nas poucas vezes em que Sigrid ficou em silêncio só para me punir. Ela estava apenas um pouco cansada, nós duas estávamos um pouco cansadas; sim, isso foi o que eu disse a mim mesma naquelas semanas, e não era tão absurdo. Sigrid dormia mal, logo percebi. Desde nossa primeira noite juntas, ela queria que eu a abraçasse na cama. Mas seu corpo também era diferente do de Yena, mais alto, mais magro, de alguma forma ela não se encaixava bem nos meus braços; abraçá-la significava que meu braço direito ia acabar formigando, e, para que a circulação sanguínea voltasse, às vezes eu tinha de me virar. Assim que eu a soltava, Sigrid começava a se mexer e se virar, se debater e se contorcer no travesseiro — simplesmente não ficava confortável, ela disse, e então encomendamos um travesseiro preenchido com pedras de cereja, mas não ajudou em nada. Às vezes eu achava que ela estava dormindo, mas um suspiro repentino revelava que ela estava acordada. Ou eu tinha de fazer xixi às cinco da manhã e me arrastava até o pé da cama para não acordá-la, e ela dizia algo como "Ei, oi", num tom como se estivéssemos nos encontrando no supermercado e ríssemos um pouco alto demais. Ela, por sua vez, fazia de tudo para me deixar dormir a noite toda. Mas às vezes, de repente, ela falava durante o sono, algo ininteligível, que ficava repetindo, e eu sacudia seu braço para expulsar o que quer que ela estivesse vendo. Em noites assim, nós nos sentávamos no escuro e eu a segurava perto de mim até que ela ficasse completamente imóvel.

  Nunca perguntei com o que ela sonhava. Imaginava o que poderia ser. Mas eram coisas que eu mesma preferia não pensar, pelo menos não à noite, com as luzes apagadas e nossas mesas na Hexa a quilômetros de distância.

Um dia ela ia acabar me contando.

Estávamos no bar de esportes e Sigrid pediu um chá gelado Long Island. Obviamente, Michelle não fazia aquela bebida com muita frequência; naquela noite, suas misturas ficaram tão fortes que até os caras pararam depois de duas rodadas. Mas Sigrid estava em rota de colisão. Só depois de muita negociação eu a convenci a pelo menos dividir o terceiro coquetel comigo, e assim que chegamos em casa ela cambaleou em direção ao banheiro. Segurei seu cabelo e, quando ela terminou de vomitar, beijei sua testa. Então, nós duas nos sentamos no chão por um tempo. "Você está bem?", perguntei, e Sigrid murmurou algo, mas não olhou para cima, pôs a cabeça no meu antebraço. Quanto mais tempo ficamos assim, mais pesado ficou o silêncio dela; não era um silêncio gelado, mas um silêncio exigente, um silêncio que desejava algo de mim. Sim, estava claro que Sigrid esperava uma pergunta diferente de "Você está bem?" e quando eu, covarde como era, não fiz essa pergunta, ela mesma respondeu. "Eu não estava me sentindo bem à tarde", ela falou, e eu pensei: lá vamos nós.

"Por que não?", murmurei num tom quase inaudível e olhei para a frente, observando o respingo no vaso sanitário nada branco.

"Não sei", ela respondeu.

Mas eu senti que ela sabia, que queria que eu a ajudasse a cruzar um limiar, mesmo que eu preferisse ficar encostada com ela no aquecedor, mas não era disso que Sigrid precisava.

"Você...", eu comecei, mas mal conseguia tirar as palavras da minha boca. "Viu alguma coisa hoje?"

Sigrid assentiu.

"Foi... muito ruim?"

Sigrid tentou dar de ombros e quase escorregou dos meus braços. "Não muito", ela disse.

Ainda estávamos sentadas no chão, eu ereta, ela meio deitada. Sigrid deve ter visto a pilha de rolos de papel higiênico atrás do vaso e acho que de alguma forma ficou mais fácil para ela continuar a conversa. Sigrid havia visto um vídeo de um menino naquela tarde, ela me contou. Uma criança de uns doze anos, no máximo, cobrindo as paredes de seu quarto com pôsteres de princesas do gelo. "Não dava nem para ver a parede, de tão coberta", Sigrid disse. Ela pareceu sorrir e por um momento achei que o que ia contar acabaria bem. O menino apontou o celular para o pé, Sigrid continuou. Ele pôs um estilete entre o dedão do pé e o segundo dedo, enfiou a ponta na pele que os unia, como se fosse separar cirurgicamente os dedos do pé. A criança operou de forma desajeitada, segurou o celular com uma mão enquanto fazia força com a outra; assim que Sigrid viu sangue, desligou o vídeo.

"Por quê?", perguntei, pois ela, obrigatoriamente, deveria ter assistido a tudo, quem sabe surgisse uma genitália ou houvesse abuso por parte de terceiros.

"Não consegui", disse Sigrid, fungando o nariz. "Aquele vídeo me lembrou de alguma coisa."

Do quê, querida?

Falei com relutância, já que fazer essa pergunta era como correr de olhos fechados num campo cheio de cocôs de cachorro, pois o que ela ia dizer? Todo tipo de opções passaram pela minha cabeça: imagens de tornozelos, pulsos e rabos de cavalo que pensei ter esquecido, senti meu pescoço esquentar e por um momento pensei que ia vomitar. Por que meu amor fez isso? Sempre fomos tão boas em manter essas coisas longe de casa e agora, de repente, Sigrid queria conversar, parecia que ela estava sujando não apenas o vaso sanitário, mas o resto do cômodo. Sim, acho que pensei que as palavras dela deixariam manchas escuras nas paredes de azulejos, drenariam a sujeira do esgoto pelo ralo do chuveiro para o banheiro; era algo que eu temia havia semanas, uma desgraça iminente que estava escondida em açaís e aplicativos de meditação o tempo todo, mas que, por enquanto, eu tinha conseguido evitar com uma indiferença estimulada: pare com isso, querida, pensei enquanto estávamos sentadas no chão frio do banheiro. Pare, *por favor*.

Mas Sigrid continuou. "Isso me lembrou de outra criança", ela disse, e eu me segurei. "De uma garota", Sigrid falou. "Eu a vi alguns meses atrás, perto do Natal."
Essa menina do Natal era um pouco mais velha do que o menino que ela tinha visto à tarde. Em vez de um estilete, a garota usou uma lâmina de barbear solta, no início do vídeo ela pôs a lâmina horizontalmente na pele, sob o globo ocular, e fez força.
Passo a passo, Sigrid contou como essa garota se mutilava e a cada passo eu me perguntava o que nossas diretrizes diziam sobre isso. Se o vídeo fosse uma *live*, não poderíamos intervir: contanto que a pessoa ainda possa ser ajudada pelos seus seguidores, temos de deixar o usuário ir em frente. Se o vídeo foi gravado e a pessoa nas imagens parece "claramente menor de idade", enviamos as imagens para o Departamento

de Proteção à Criança num escritório no exterior antes de removê-lo — a remoção é necessária, caso contrário existe o risco de outros usuários imitarem o comportamento filmado, a menos que o vídeo seja digno de noticiário, então ele deve permanecer. Se a pessoa que postou o vídeo também é a que se mutila, então clicamos na categoria "Automutilação" e o usuário receberá um manual de ajuda, números para os quais ele pode ligar no país de residência: se o usuário ameaçar cometer suicídio, uma atitude só precisa ser tomada se ele ou ela citar uma hora e local concretos e alegar que o ato ocorrerá dentro de cinco dias: ameaça de suicídio? *Live* ou não? Digna de noticiário? Claramente menor de idade? — essas perguntas se tornaram um refrão que abafou a história de Sigrid, e demorei um momento para entender o que ela disse em seguida.

"Você falou que foi procurá-la?"

"Sim."

"Aquela garota?"

"Sim. Mas na internet, né?"

É claro que o senhor sabe que são proibidos quaisquer tipos de material para escrever no local de trabalho, sr. Stitic. Não podemos escrever nada, não podemos nem ter algum papel conosco; uma vez John teve de entregar uma balinha de hortelã porque ele ia escrever algo na embalagem (com um marcador invisível, claro). Mas Sigrid havia se lembrado do nome da garota. Isso foi muito inteligente, pois ela via centenas de nomes de usuário todos os dias, mas Sigrid, minha doce e esperta Sigrid, inventara um mnemônico naquele dia, perto do Natal. O nome da garota era Nona Morgan Lindell: *No* Monalisa, Morgan Freeman, chocolate ("Lindt", entendeu?). Naquela mesma noite de dezembro, Sigrid procurou o perfil de Nona em casa. O vídeo havia desaparecido e esse confronto com seu próprio trabalho era alienante: merda, pensou Sigrid, tiraram o vídeo. Mas é claro que sim, foi ela mesma quem tirou, e agora não tinha certeza se esse era o perfil certo. Pelo menos nas fotos a adolescente se parecia com a garota que ela tinha visto no vídeo naquela manhã. Não havia nenhum outro usuário listado na seção "Família". Em sua foto de perfil ela estava sorrindo com muita franqueza, sua pele foi digitalmente alisada e ela estava usando uma tiara com orelhas de gato rosa, moda adolescente do momento, sim, mas tudo muito chamativo. Quanto mais olhava para o perfil, mais Sigrid ficava desconfiada. Por que a tal "Nona" não estava marcada nas fotos de outras pessoas? Quem estava por trás da conta postava diariamente um retrato da garota, no qual ela sempre olhava sensualmente para a câmera, às vezes com bigodinhos. Seus "Favoritos" eram um canal de desenhos animados, várias marcas de maquiagem e *fanpages* de boy bands coreanas: para Sigrid, isso parecia mais uma caricatura de um perfil adolescente do que a página de um usuário autêntico. Na verdade, era tudo muito claro. O que um adolescente fazia numa plataforma como essa? Todos sabiam que havia muito tempo os jovens tinham migrado para seus próprios aplicativos de dança e playback. O perfil era falso, Sigrid decidiu. E isso provavelmente também se aplicava ao vídeo da lâmina; o que ela tinha visto mesmo? Não era um sangue inacreditavelmente elegante escorrendo pelas bochechas da garota? Se ao menos pudesse ver o vídeo mais uma vez... e, pela segunda vez naquela noite de inverno, Sigrid se amaldiçoou por fazer seu trabalho.

"Que história estranha, querida", falei. Ainda estávamos no chão do banheiro, Sigrid estava um pouco mais caída do que antes. Quem quer que nos visse assim teria pensado que ela estava doente de novo, mas Sigrid mal parecia perceber sua posição desconfortável; seu silêncio revelou que ela não tinha terminado de falar.

"O que mais?", perguntei suavemente. "Como acabou?"

"Eu voltei", Sigrid respondeu.

"Para a garota?"

"Para o perfil dela, sim."

Isso foi em 3 de janeiro, mais de duas semanas depois que Sigrid viu pela primeira vez o vídeo de Nona. Sigrid estava de folga, cansada e entediada. *No* Monalisa, Morgan Freeman, chocolate: ela ainda não tinha esquecido. De alguma forma, ela esperava que o perfil desaparecesse, contas falsas nunca duravam muito. Mas o perfil ainda estava lá. Mesma foto de perfil, mesmo conteúdo, exceto por uma grande diferença. A página de Nona estava cheia de mensagens de colegas de sala, professores, vizinhos e uma equipe de atletismo. Todos escreveram que sentiriam falta de Nona, porque ela tinha sido uma garota muito especial, talvez um tanto solitária, mas também um raio de sol. Sigrid havia fechado o laptop, saído para fazer compras e, apesar do cansaço, redefiniu completamente o guarda-roupa. Não ajudou. Ela não conseguiu dormir naquela noite, e não muito depois disso os pesadelos começaram.

E não muito depois disso ela começou a me seduzir, pensei na hora, e por um momento sua determinação ganhou um novo significado, mas eu não disse nada e prendi o cabelo de Sigrid atrás das orelhas. Ficamos sentadas em silêncio no chão por um tempo.

"O vídeo não foi ao vivo, foi?", finalmente perguntei.

"Não", Sigrid respondeu.

"E você o encaminhou para a Proteção à Criança?"

Sigrid assentiu.

"Nenhuma sugestão de suicídio?"

Sigrid balançou a cabeça.

"Bem, você fez o que podia, né, querida?"

Os pesadelos de Sigrid não pararam depois daquela noite do chá Long Island. Em algumas noites, ela ainda acordava com sobressaltos e toda vez eu a pegava nos meus braços. "Não é sua culpa", eu disse a princípio, mas Sigrid parecia não querer ouvir, rosnava para tudo o que eu dizia, uma confirmação do que eu já sabia: falar, repetir coisas sem parar, simplesmente não faz nenhum sentido. Ela começou a comer cada vez mais vegetais folhosos, fazia chá de ervas amargas e colecionava todo tipo de garrafas de vidro na geladeira: suplementos "naturais". "Quem diz que o que você leu sobre isso vale mais do que o que eu li?", ela respondeu quando eu questionei cuidadosamente os efeitos. Ela nunca mais me ofereceu seus negócios miraculosos, mas tudo bem, eu também não pedi. Ela também queria ir para a cama cada vez mais cedo quando estava comigo. Suas palpitações eram devido à falta de sono e às vezes ela estava na cama às sete e meia. Vou ser sincera com o senhor: quase nem transávamos mais em casa.

Nunca contei nada disso à dra. Ana. E certamente não o que aconteceu a seguir. Pouco antes da terceira sessão, liguei para ela e remarquei para a semana seguinte; ela estava muito curiosa sobre mim e Sigrid. Suspeito, no entanto, que entenderá, sr. Stitic. O senhor sabe como as coisas aconteciam na Hexa, conhece meus colegas, sabe como costumávamos ser. Então, deixe-me explicar o que me fez continuar naquele verão.

Certa manhã, a Hexa apresentou um conjunto de regras da casa. Em todo lugar, de repente, havia folhas A4 nas paredes e janelas, de longe pareciam listas de nomes: como se todos fôssemos ver quem havia passado nos testes para a peça da escola. Acabou sendo uma lista de mandamentos novos do escritório, extremamente incisivos. Um: nada de álcool no interior e nas adjacências do prédio. Dois: sem drogas no interior e nas adjacências do prédio. Três: nenhum capacete no local de trabalho. E ali, bem embaixo, quatro: nenhum ato sexual no interior e nas adjacências do prédio.

Era sobre a sala de amamentação, sabíamos disso. Alguns dias antes, três pessoas foram flagradas juntas na sala das lactantes no segundo andar, então a fechadura foi retirada para que as pessoas não pudessem mais se trancar lá. No entanto, essa medida logo foi revertida depois de protestos: uma sala de amamentação sem fechadura era ilegal, ouvi algumas meninas reclamando no corredor. Essas novas regras da casa deviam resolver o problema? Diga que foi uma atitude infantil, mas, depois do nosso turno da tarde, Sigrid e eu descemos as escadas até o segundo andar para dar uma inspecionada geral no lugar. Não fomos as únicas, havia vozes diferentes vindo da sala de amamentação, e no corredor encontramos John e uma garota nova. Nossa missão evoluiu de um inventário objetivo para uma busca por uma sala vazia, coisa nada fácil, posso lhe dizer: no final, naquela noite, dedei Sigrid entre os contêineres de lixo atrás do prédio.

"Ato sexual no interior e nas adjacências do prédio." Para nós foi a primeira vez e funcionou, muito melhor do que quando estávamos em casa e Sigrid queria tomar chá e dormir. Sinceramente: foi um alívio. Então, é claro que queríamos mais, e alguns dias mais tarde descobrimos uma espécie de galpão, uma pequena sala cheia de caixas e objetos que só depois de algumas vezes reconhecemos como partes de uma copiadora desmontada. Sigrid se escorava na única parede nua e eu a chupava.

O galpão se tornou nosso lugar permanente, ninguém nos pegou lá. É uma pena, na verdade, pensei depois de algumas vezes. Comecei a me perguntar o que aconteceria se alguém entrasse enquanto estávamos lá entre as partes da copiadora; e em casa, às vezes, quando Sigrid já estava na cama, eu me masturbava com esse pensamento.

Havia um elevador, mas não era para nós. Era necessário ter um passe, e nós, pobres moderadores do quarto andar, não tínhamos. Esse passe se tornou um Santo Graal para mim e para Sigrid: perguntamos a Jaymie se ele tinha um e, quando ele quis saber por quê, rimos feito adolescentes. Não muito tempo depois, bolamos um truque. Meia hora antes do horário de trabalho nos posicionávamos no corredor, Sigrid e eu. Fingíamos conferir algo no celular até que víamos um homem andando em direção ao elevador. "Espere aí", gritava Sigrid, "temos que ir ao nono andar". Diversas vezes fiquei muito orgulhosa dela. A propósito, aquele homem realmente levava uma maleta de couro, como se quisesse se distinguir da escória do quarto andar, víamos que ele duvidava, mas é claro que não podia recusar duas mulheres arrumadas, então ficávamos assim: os três num cubículo de um metro e meio por dois metros. Na verdade, ali eu já ficava com vontade de pôr a mão por baixo da camisa de Sigrid, bem na frente do homem, porque por um momento eu via nos olhos dele: duas mulheres juntas, uma não muito sexy, ah, que choque — a ideia de que seu horror pudesse alimentar seu tesão (e dar-lhe uma ereção escandalosa na nossa frente) de alguma forma me excitava absurdamente. O homem ia para o sétimo andar e, assim que as portas se fechavam, eu prensava Sigrid contra o painel de botões do elevador e sentia entre suas pernas, mas não, ela não se molhava antes do nono andar. Que pena, eu dizia para mim mesma.

Muito pouco tempo, aparentemente.

Durante esse período, os poucos colegas que ainda não haviam transferido o conteúdo dos seus frascos de bolso para as indescritíveis garrafas PET começaram a fazê-lo, e em julho havia mais álcool do que nunca. Um dia, até Sigrid trouxe suas próprias latinhas de misturebas. Isso era novo, antes ela só bebia e fumava o que os outros lhe ofereciam. Mas essas bebidas — gim-tônica barato e rum e coca excessivamente doce que Souhaim disse ser uma ameaça ao nosso paladar — tornaram-se um hábito. Eu não falava nada a esse respeito. Álcool e sementes de chia eram uma combinação um tanto cômica, mas ei, era o corpo dela e eu não queria mais discutir. Além do mais, pensei, as coisas estavam indo bem, comigo, conosco: cara, olhe só a gente!, lembro-me de pensar numa tarde. Era verão e estávamos sentadas, juntas na nossa mureta, o sol no nosso rosto pálido, meu braço em volta da sua bela cintura — não, realmente não havia muito motivo para ficar insatisfeita; eu tinha um emprego e amigos e estava abraçada com uma linda mulher e isso era mais do que eu jamais poderia ter esperado antes, pois o senhor sabe que muitos verões atrás eu também ficava num estacionamento durante os intervalos. Ficava sentada sozinha encostada nos carros de outras pessoas, fora da vista das outras garotas, olhando para o padrão irregular de bolinhas de chiclete cuspido no asfalto velho, esperando que Kitty, da quinta série, não viesse até mim e me chamasse de machona, ou pior, se sentasse ao meu lado e silenciosamente apertasse minha coxa. Quando penso nisso, sinto-me completamente abençoada, sr. Stitic. Claro, o trabalho que fazíamos era uma merda total, mas podíamos lidar com ele porque nós, Sigrid, os meninos e eu, éramos uma equipe e nos apoiávamos mutuamente.

 Sim, era nisso que eu acreditava naquele verão.

Está familiarizado com a *teoria da terra plana*, sr. Stitic? Nós não vivemos numa esfera, mas nos movemos num disco flutuante, sob uma gigantesca cúpula transparente, uma redoma. O Sol, as estrelas e a Lua são projeções e a CIA brinca conosco como figurantes num set de Hollywood: há muitos terraplanistas, como se denominam os defensores dessa teoria, é um movimento de milhões de pessoas. Eles espalham suas ideias por meio de fóruns e grupos de bate-papo e agora há mais de cinquenta e cinco milhões de vídeos em nome dos terraplanistas: "São tantos que nem dá para assisti-los numa vida só", uma vez vi um crente afirmar com orgulho.

Vi um grande fluxo de coisas a respeito de terra plana, sabe? Os usuários da plataforma sempre marcavam esse assunto como ofensivo, mas proclamar que o mundo é plano (ou que ataques terroristas foram planejados por governos, e vírus mortais foram criados em laboratórios estatais) não ia contra as regras. Mesmo assim, tínhamos de assistir a esses vídeos, pois vai que algum doido tenha tentado minar os fundamentos da gravidade e jogado um bebê recém-nascido de uma altura de cinco metros. Esses vídeos duravam só uns minutos e me davam nos nervos, mas os memes dos terraplanistas me faziam rir: imagens de líderes da NASA como o Mágico de Oz ou o Flautista de Hamelin, esquemas detalhados sobre "erros de Photoshop" em fotos oficiais do nosso planeta — sim, comparado a outros grupos de teoria da conspiração, os caras da terra plana até que lideravam um movimento bem tranquilo e, além disso, um movimento bem organizado, com suas próprias conferências internacionais, camisetas e gadgets. "O que você está usando?", perguntei a Kyo uma tarde.

Nós quatro estávamos no ponto de ônibus e Louis começou a balançar a cabeça, sorrindo. "Um relógio", Kyo disse, mostrando seu pulso para mim e para Sigrid. Não entendi direito o que estava olhando. O mostrador era um mapa, emoldurado por um anel branco, um mapa de algum romance de fantasia, pensei, bem a cara de Kyo. O vidro do mostrador não era plano, mas convexo, uma espécie de cúpula muito pequena. Ou redoma.

"Terra plana", Louis tossiu discretamente e Kyo puxou o pulso. "Ei", ele murmurou, "não me olhe assim, Kayleigh", e Louis sorriu outra vez.

Aparentemente os outros já sabiam das novas crenças de Kyo. Mas eu tinha perdido o andar da carruagem e fiquei genuinamente surpresa.

"Você acha que é besteira, né?", Kyo disse, soando mal-humorado, como um adolescente raivoso, falsamente acusado de derrubar o vaso enquanto a culpa, na verdade, era do gato.

"Desculpe", eu disse, "mas a Terra é redonda".

Kyo balançou a cabeça. "É plana", insistiu, e Louis brincou que eu não deveria perguntar mais nada, mas lá fui eu: "Por que a Terra deveria ser plana?"

"Não há evidências de que ela seja redonda."

"Acho que há, sim."

"O.k., me explique, então."

Tá, mas eu não sabia explicar. Há muito tempo que não estudava física ou geografia e, para ser sincera, eu conhecia principalmente argumentos a favor da ideia de que a Terra *não* era redonda, embora nunca tenha duvidado de que isso fosse bobagem.

"Viu?", Kyo falou. "Você não sabe. Enquanto as evidências de que a Terra é plana só aumentam."

"Por que os cientistas mentiriam para nós?", perguntei, mas na verdade já sabia a resposta e Kyo parecia muito bravo: "Porque eles fazem isso há muito tempo. Se eles fossem expostos, perderiam toda a credibilidade e, com ela, seu status e poder sobre nós."

"Há delatores", ouvi ao meu lado. Era Sigrid, que na verdade estava concordando com Kyo. "Há cientistas e professores que confirmam que a Terra é plana, mas, se levarem a informação para a grande mídia, perdem o emprego." Sigrid brincava com o lacre da sua latinha de mistureba e falava com muita calma, como se estivesse compartilhando algo, ah, comum, algumas dicas úteis de como pendurar um quadro.

"É, mas gente", tentei. "Eu também vi esses vídeos, tá? Simplesmente não é verdade."

"Você não sabe", Kyo disse, e devo ter olhado um tanto desesperada para Louis, porque de repente ele ergueu os braços como se eu estivesse apontando uma arma para ele: *não me meto nisso, amiga*.

"Não há voos entre...", Sigrid começou.

"Não", eu falei imediatamente, "isso não é verdade".

"Você não sabe de nada..."

"Sei sim, você quis dizer que não há voos diretos entre continentes no hemisfério sul porque a duração dos voos revelaria como o mapa do mundo realmente é, mas há bastante..."

"Pare, não me interrompa!"

Desculpe, pensei na hora. Sempre tenho de me desculpar, pedir desculpas a Sigrid porque ela não gosta que eu a deixe mal na frente dos nossos amigos, mas o ônibus de Kyo parou e Louis já estava começando a lhe dar tapinhas nas costas num adeus viril. Eu mesma dei uma batidinha de punho fechado em Kyo e, antes que entrasse, ele se virou mais uma vez. "Eu entendo", ele disse, do nada soando mais paternal do que zangado. "Depois falamos mais sobre isso, no começo eu também era como você."

Assim que o ônibus de Kyo partiu, Louis sutilmente se afastou de mim e de Sigrid, eu lhe agradeci por tirar o celular do bolso de trás.

"Desculpe", falei para Sigrid. "Desculpe por ter te interrompido."

"Tudo bem", ela respondeu, um pouco chateada. E ela pegou minha mão e eu a apertei, mas ela não apertou a minha, sua mão ficou mole, e, se eu a apertasse mais, provavelmente a machucaria.

Não muito tempo depois, Sigrid saiu de férias. Seu ex havia alugado um apartamento perto da praia: "É bom para o Mickey, ele pode correr por aí." Embora ela tenha afirmado que estava "pensando na ideia" de ficar com Pete por um tempo, seu anúncio foi uma surpresa: ela deveria sair no início de agosto e ficaria fora por pelo menos duas semanas.

"Eu não ficaria mais tempo do que isso", falei. "E se na volta você tiver dificuldades?"

"Com o quê?"

"Trabalho, as diretrizes, logo você voltará e talvez não conseguirá acompanhar mais nada."

Sigrid olhou para mim como se não tivesse certeza de que eu estava falando sério. "Acho que vai ficar tudo bem."

Eu preciso disso, ela falou. À beira-mar, poderia clarear a cabeça, talvez finalmente dormir bem — como eu não podia entender que ela precisava disso? Ah, sim, pensei, e quem fica te abraçando à noite? Mas eu não queria dificultar as coisas e cedi, eu cedi mesmo. Até poderia ter perguntado por que ela não saía de férias *comigo* algumas vezes, mas ela ia ficar respondendo que Pete a convidara.

"A nova namorada de Pete também vai?"

"Não, eles terminaram. Eu te contei isso, né?"

Durante o período em que esteve fora, todos os dias Sigrid enviava fotos, principalmente de Mickey; o pastor surfando, o pastor numa cadeira de praia com um chapéu. As fotos sempre me faziam sorrir, exceto quando mostravam um polegar ou um pedaço da perna da calça de Pete. Nesse meio-tempo, eu estava me sentindo um pouco inquieta no trabalho. Tinha saudades das idas ao galpão e à noite meus dedos, o pescoço, os ombros e o pulso ficavam doloridos.

Certa tarde, liguei para Mehran, e naquela mesma noite ele estava sentado ao meu lado no sofá. Fazia meses que não nos víamos, a última vez que esteve comigo eu o convenci de que trabalhava no atendimento ao cliente de uma empresa de TV a cabo. Estávamos jogando um jogo de tiro antigo, que ambos conhecíamos bem. Talvez esperássemos que um jogo familiar também evocasse algumas das nossas velhas dinâmicas; nossas conversas eram mais duras do que antes — mas o jogo não ajudou.

"Você podia abaixar o som?", perguntei, assustada porque eu realmente tinha falado em voz alta o que tinha pensado.

"Por quê?", Mehran perguntou.

"Está muito intenso", respondi, e, embora não tenha entendido, ele me deixou desligar o som. O barulho de metralhadoras, o recarregamento de Kalashnikovs, mas acima de tudo: os gritos de morte de personagens caídos me deram um aperto no peito e eu praticamente perdi o interesse pela tigela de nachos no chão.

Na verdade, eu preferiria ter jogado um jogo de corrida, mas sabia que Mehran não gostava de jogos de corrida. E também sabia que, se explicasse minhas objeções, ele logo deixaria de lado sua aversão a esse tipo de jogo, mas não o fiz. Eu já podia adivinhar o que ele diria.

Ao se despedir de mim naquela noite, Mehran me abraçou um pouco mais forte do que de costume. Depois disso, nunca mais liguei para ele.

Estando sozinha, as noites opressoras e quentes passavam dolorosamente devagar. O calor não amenizou minhas dores, elas se tornaram mais fortes, as agulhadas no pescoço e no ombro direito só pioraram. Para me distrair, fiz algo que não fazia havia algum tempo: comecei a assistir pornografia. Antes de estar com Sigrid — leia-se: de vez em quando, ao ficar em casa —, às vezes eu assistia a vídeos em que mulheres teoricamente lésbicas seduziam mulheres teoricamente heterossexuais, "Estudante seduz colega de quarto", esse tipo de coisa. Quando revisitei meu site pornô favorito depois de algum tempo, o algoritmo imediatamente me apresentou um novo material dentro das minhas antigas preferências: "Massagista seduz cliente heterossexual", ou algo assim. Cliquei no vídeo e vi uma garota deitada numa mesa de massagem. Uma loira um pouco mais velha entrou com uma pilha de toalhas bem pequenas e óleo de massagem, *hi, how are you?* — e então algo estranho aconteceu comigo. Fiquei agitada, meu pescoço estava incomodando e eu tinha uma tendência a me levantar, não porque o que vi fosse ofensivo. Ao contrário, de repente achei tudo extremamente chato. Nos meus primeiros meses na Hexa, eu tinha visto centenas de vídeos com mulheres similares, mas, assim que elas se deitavam na mesa de massagem, logo surgiam umas quatro picas batendo na cara delas. A massagista no vídeo que eu tinha clicado agora, por outro lado, começou a esfregar a calcinha da sua "cliente heterossexual" à vontade. Era como se eu estivesse assistindo a um documentário sobre a natureza, ou não, melhor ainda: um vídeo de uma lareira crepitante. Fui para a frente até chegar à hora em que a calcinha finalmente era tirada: não muito tempo atrás eu teria achado isso superexcitante, mas agora estava quase irritada com a lentidão de tudo.

Naquela noite, comecei a procurar outros gêneros. E quando não consegui encontrar o que procurava, troquei meu site pornô favorito por um mecanismo de busca alternativo. Um progressista, que não salva o histórico de busca.

Acho que não fui a única que sentiu falta de Sigrid. Naqueles dias vimos muito menos Kyo, acho que ele ainda estava ofendido com nossa desconfiança da terra plana, e, agora que Sigrid estava na praia com um homem e um cachorro, Souhaim, Louis, Robert e eu aparentemente perdemos de vez nossa conexão. Durante o intervalo, Kyo passara a ficar cada dia mais com um grupo de garotos que Louis uma vez tinha chamado de nerds, embora na época todos tivéssemos sentido, incluindo Louis, que isso não era exatamente um grande insulto: de tênis brancos de marca e camisas polo grossas de algodão, aqueles estudantes, ou o que quer que fossem, sem dúvida usavam a designação "nerd" como uma reapropriação. Certa tarde, eles estavam berrando a menos de um metro de nós, e vimos Kyo parado com as mãos nos joelhos, ofegante, como se tivesse engasgado na própria risada. "Caçadores de atenção", Louis murmurou e eu balancei a cabeça, Robert parecia vidrado e eu só vi Souhaim balançar a cabeça, não porque estava incomodado com Kyo e seu novo grupo, mas, ao que parecia, porque viu o quanto tínhamos decaído. Porque, olhe para nós: estávamos azedados pelo prazer dos outros, como uma vizinha neurótica.

Pelo que me lembro, foi naquela dia que Robert fez o anúncio. À noite, estávamos no bar de esportes e, antes de todos tomarmos um bom gole, Robert disse: "Tenho de contar uma coisa para vocês." Embora exalasse um cheiro de maconha, ele parecia bastante nervoso. Pensei: ele vai falar que está apaixonado por um de nós, mas em vez disso Robert nos disse que ia sair do trabalho. "Não aguento mais a Hexa", e sua majestosa articulação traía a ideia de que não havia preparado suas palavras. "Há muito tempo não tenho aguentado mais." Antes mesmo de Robert terminar de falar, Souhaim e Louis se curvaram sobre ele e por um momento os três se dereteram num daqueles emaranhados de membros musculosos que normalmente só se vê no campo esportivo depois de um gol ou uma derrota irrevogável. "Que corajoso, cara", Souhaim sussurrou, e Robert balançou a cabeça. "Não me sinto mais uma pessoa."

"Eu entendo", falei enquanto abraçava Robert. Senti que ele balançou a cabeça no meu pescoço. "Não, querida Kayleigh", ele sussurrou. "Você não entende. Você tem sua própria casa, você tem opções." E, antes que eu pudesse dizer mais alguma coisa, Souhaim agarrou Robert outra vez, "Você vai ficar bem, o.k.?", e vi Louis fechar os olhos e suspirar.

O último dia de trabalho de Robert era dali a dois dias. Louis lhe entregou um copo com seu nome, pelo qual Robert agradeceu com lágrimas nos olhos. Louis agia de forma tão determinada que não foi do nada que comecei a suspeitar que essa não era a primeira vez que ele organizava uma rodada de despedida dos companheiros, e por um momento também tive vontade de abraçá-lo. Kyo também veio cumprimentar Robert. Eles abriram as mãos, engancharam os dedos uns nos outros e, por um momento, parecia que estavam fazendo uma queda de braço no ar. "Pena que Sigrid não está aqui", Kyo disse, e todos assentiram e meu estômago se encheu de autopiedade, porque mesmo que Sigrid estivesse prestes a voltar, de repente, eu me senti como uma viúva solitária, e naquela noite me dedei tanto que meu clitóris ficou dolorido e ardendo.

    No dia do retorno de Sigrid, estávamos no meio de uma onda de calor oficial. O estacionamento estava banhado de sol e não podíamos nos sentar na nossa mureta, as pedras quentes queimavam nossas pernas nuas. Naqueles dias, os funcionários não fumantes ficaram no interior do prédio, e nós, durante o intervalo, ficávamos no corredor lá embaixo. Foi um acontecimento bem estranho e me fez lembrar da vez que Barbra e eu passamos onze horas num aeroporto lotado depois que uma tempestade de neve interrompeu todo o tráfego aéreo: mesmo agora as pessoas se sentavam em grupos no chão distribuindo pedaços de laranja. Sigrid e eu nos posicionamos numa parede. Eu adoraria ter ido direto para o depósito com ela, mas mal nos falamos desde que ela voltou, então perguntei se ela tinha tido umas boas férias.

    "Foi legal", respondeu de forma breve.

    "É?"

    "Sim. Foi bom ficar longe de tudo."

    Como não respondi de imediato, ela me deu um beijo rápido na bochecha e Kyo logo apareceu para dizer a Sigrid que sentira falta dela: "E você sabia que Robert foi embora da empresa?"

    Naquela noite, Sigrid dormiu comigo outra vez. Eu a apertei com força. Ela se soltou dos meus braços e eu a agarrei novamente até que ela murmurou algo como "muito quente".

A partir daí, as opiniões divergem sobre o que aconteceu, sr. Stitic. Ou seja, a versão de Sigrid é bem diferente da minha, até onde eu entendi sua versão: ela estava bastante emocionada na última vez que conversamos, sabe? Mas se o senhor puser uma arma na minha cabeça e disser: conte-me sobre suas últimas semanas juntas, sobre o que realmente aconteceu entre 15 e 30 de agosto, eu lhe direi: não é que aconteceu muito comigo, não aconteceu quase nada.

Depois do regresso de Sigrid, visitamos o galpão mais algumas vezes, e numa delas Sigrid até sugeriu que nos filmássemos. "Depois podemos assistir juntas", ela disse. Acredite ou não, fiquei comovida. Pensei: talvez ela queira compensar alguma coisa (embora, a meu ver, isso não fosse necessário, eu já estava feliz por ela ter voltado das férias). Realmente era emocionante, um terceiro olho digital, lembro que me deu um impulso a mais. Acabamos nunca assistindo juntas, mas não vi nada de especial nisso.

No entanto, algo mudou depois daquela tarde. Cada vez mais, Sigrid inventava uma desculpa para evitar o segundo andar. Não se sentia bem depois de ter comido um sanduíche de atum, estava cansada, ou queria pegar o primeiro ônibus para casa porque ia fazer lasanha vegetariana e a massa tinha que ficar de molho. Fiquei chateada, mas não tão surpresa. Muitas vezes pensei no que ouvira Barbra dizer certa vez a uma velha amiga: "Quanto mais vocês se conhecem, mais estranho é o sexo", e, embora eu ainda suspeite de que Barbra estivesse falando sobre outras pessoas — seus conhecidos do clube do livro ou algo assim —, era algo assustadoramente preciso no que dizia respeito ao nosso próprio relacionamento. Bom, pensei, enquanto ouvia o relato de Sigrid sobre o sanduíche de atum rançoso, aparentemente estávamos na fase seguinte — vi suas rejeições sutis como prova de intimidade, entende?

    Sigrid já estava mais ou menos morando comigo e sempre falava sobre irmos juntas ao apartamento à beira-mar, Pete talvez arranjasse um desconto para nós. Chegou até a sugerir que eu conhecesse Pete, ela já havia falado tanto de mim para ele e vice-versa que ele tinha curiosidade a meu respeito; então uma tarde passeamos pelo lago na periferia da cidade com Mickey e Pete. No que acredito que tenha sido um esforço mutuamente cortês para acompanhar o ritmo, andamos de maneira terrivelmente lenta, e

Pete nos contou tudo sobre a fazenda de bambu em que havia investido.

Durante aqueles dias, Sigrid bebeu muito menos do que antes. Ela também dormiu um pouco melhor. Comecei a ter uma qualidade de sono pior, pois quase não íamos mais ao galpão, mas não diria que as duas coisas estavam relacionadas. Confesso que me considerava um *gentleman* porque nunca interrompia o seu sono quando eu acordava. De vez em quando me masturbava ao lado dela, só para dormir, e garanto que, se ela tivesse feito isso comigo, eu teria achado algo perfeitamente, completamente lógico e normal. Então, sim, sr. Stitic, abaixe sua arma, aqueles dias foram assim. Fantasiamos sobre um futuro juntas. Sobre pagar as dívidas de uma só vez (eu), estudar nutrição (ela), adotar um cachorro maltês (ela), viver juntas de verdade (nós duas), "encontrar um emprego remunerado ainda melhor" (eu), "você quer dizer encontrar um trabalho normal, querida" (ela).

No entanto, Sigrid afirma que vivenciou as coisas de maneira diferente. E agora minhas lembranças das nossas últimas semanas, e talvez das semanas anteriores, são como o pedaço de pirita na estante da minha tia Meredith. Sob as circunstâncias mais favoráveis, esse negócio parece um verdadeiro pedaço de ouro, mas, quando as lâmpadas se apagam, o pedaço de pedra fica azul-prateado e, se a pessoa ficar diante dele à noite, parece um caroço preto, aparentemente carbonizado.

Tá, próxima pergunta. O que aconteceu em 30 de agosto, o dia em que Sigrid me deixou? Acho que essa questão é mais difícil. Às vezes acho que entendo, mas logo começo a repensar no que ela disse, no que eu disse, no que a gente tinha feito antes e aí começo a duvidar outra vez: talvez tenha sido diferente. E essa ideia, esse pensamento de uma explicação alternativa e reconfortante, faz a bigorna no meu estômago subir por um momento, mas, depois de algumas respirações livres, o peso volta ao lugar porque, por exemplo, penso nas últimas palavras de Sigrid.

Em suma, minhas lembranças daquele penúltimo dia de agosto podem ser explicadas de diferentes maneiras. Então, primeiro deixe-me dizer exatamente o que foi feito e dito naquela sexta-feira.

Eram duas e vinte quando entrei no estacionamento. O calor escaldante das últimas semanas tinha dado lugar a um generoso sol de fim de verão e de repente fiquei com saudades do outono: meu peito coçou só de pensar em colecionar pinhas, esquilos, cachecóis xadrezes e galochas, eu não tinha muita experiência com nada disso, mas foi o que me ensinaram na escola primária e desde então meu desejo por pinhas nunca foi controlado — reaparece todo mês de setembro —; resumindo, fico bastante alegre e um pouco melancólica.

 Então eu a vi: Sigrid estava com Kyo no meio do estacionamento, com Kyo e dois caras do seu novo grupo. Eram garotos desengonçados, um deles usava um boné de beisebol cinza, o outro, um casaco longo e liso; eles também não eram imunes à sensação de outono, ao que parecia. Provavelmente, pensei, Kyo veio até minha garota, e Boné e Casaco se juntaram a eles; talvez fosse bom eu me apresentar a eles (não disse que estava de bom humor?). Mas então vejo Louis sentado sozinho na nossa mureta. Ele também me viu e levantou a mão, o gesto é mais questionador do que convincente, e acho que não senti muita vontade de ficar ali com Boné e Casaco, pois falei a mim mesma: Sigrid já vai vir. Fiel à nossa mureta, eu me sentei ao lado de Louis e ele me deu um tapinha nas costas e nós tossimos e dissemos: "Ei, cara, como você está?"

 Sigrid simplesmente não veio até mim. Ela só ficou ao lado de Kyo e eu a vi pedir um isqueiro aos novos amigos dele. Louis e eu logo terminamos de conversar. Ver diretamente Kyo e Sigrid nos reduziu a uma plateia e só nos deixou mais quietos: "Vamos..."

"Falar com eles?", Louis acrescentou, meneamos a cabeça e saímos da mureta.

"Oh, ei!", Sigrid disse quando nos viu. Ela soou como se não estivesse nos esperando, como se fôssemos dois conhecidos da aula de salsa que ela só convidou por cortesia, e cacete, do nada somos os primeiros na sua festa. Ela nos apresentou a Boné e Casaco, mas logo esqueci seus nomes, porque alguma coisa estava acontecendo. Os garotos encararam Louis e trocaram um olhar que não consegui identificar, ao que Louis perguntou: "Estamos atrapalhando, né?"

"Não, cara", diz Sigrid, e então ela fez algo pelo que dali em diante, durante muito tempo, eu passaria a culpá-la: ela respondeu. E a sério. "Estávamos falando sobre Soros", Sigrid disse, e notei que ela se esforçou ao máximo para soar o mais casual possível: ah, eles estavam falando só sobre Soros, George Soros, o judeu mais rico do mundo e, portanto, o judeu mais odiado do mundo, ah, é, isso também.

De repente, todos olharam para Louis: Kyo, Sigrid, Boné, Casaco e até eu, embora isso não fizesse o menor sentido. Mas Louis continuou calmo, apenas sorriu. "Ah", ele disse, "Soros, nosso velho filantropo. Se dependesse dele, estaríamos até os tornozelos nos canais de esgoto dos campos de refugiados, certo?"

Detectei o sarcasmo, mas Boné e Casaco ficaram se cutucando, parece que acharam uma grande façanha: o único judeu que eles conheciam atacando o judeu mais famoso do mundo.

"Bom, mas é verdade", Kyo disse. E ele parece severo porque conhece Louis, sabe que isso não significa nada para ele. "Se Soros continuar assim, eles tomarão esse lugar", Kyo falou, "e ninguém intervém".

"Um desastre", diz Louis, e agora até as antenas medíocres de Boné e Casaco captavam seu ridículo.

"Eu não seria tão zombeteiro assim", Boné disse.

"Não me diga que você não sabe o que Soros está fazendo", Casaco disse.

"Eu sei o que Soros está fazendo", disse Louis, imitando as aspas com os dedos na palavra "fazendo". "Eu trabalho aqui há mais tempo do que vocês, gente."

Ele estava prestes a se virar, mas Boné de repente falou: "Aquela história de choro sobre os avós dele não é verdade, sabe?", e Casaco assentiu: "O Holocausto inteiro provavelmente nunca aconteceu."

Louis ficou imóvel. Ele olhou para os garotos como se os dois tivessem acabado de jogar uma pedra no seu pescoço, mais incrédulo do que zangado. "Pare com isso, cara", ele falou. "Achei que vocês eram mais inteligentes", e Louis tentou ir embora de novo, mas Casaco insistiu: "Não é verdade? Soros é muito poderoso, quem você acha que está pagando pela maior mentira da história?"

A maior mentira da história, eu conheço esse slogan. É assim que começam os vídeos em que se "explica" passo a passo que quase não há evidências da existência de câmaras de gás durante a Segunda Guerra Mundial. Que os judeus nos campos de concentração só morriam de doenças infecciosas, doenças que eram combatidas com Zyklon B, o gás que mais tarde foi encontrado nas suas roupas: "um pesticida completamente inofensivo." Só podemos remover esses vídeos se forem postados em países onde a negação do Holocausto é uma ofensa criminal e as autoridades locais movem ativamente seus processos: *Alemanha, França, Israel e algum país estranho, tipo Austrália,* enumerei na minha cabeça, enquanto bem à minha frente, em plena luz do dia, ocorria uma colisão bastante fatal.

"No máximo quatrocentos mil judeus morreram na Segunda Guerra Mundial", Casaco troveja, e Boné tenta acompanhá-lo: "Em comparação com vinte milhões de soldados russos", ele falou, e então Casaco resolveu pisar no acelerador: "Você já ouviu falar no Acordo Haavara? Os nazistas e os judeus trabalharam juntos para justificar a anexação de Israel."

Durante todo esse tempo, Louis ficou notavelmente quieto. Ele tossiu com espalhafato e então assentiu para Kyo, "Ei, você também acredita nisso?". Kyo olhou para mim, depois para Sigrid e para suas próprias mãos. Ele não olhou para Louis quando disse: "As câmaras de gás não são muito plausíveis mesmo."

"Não são?", Louis perguntou, soando suplicante em vez de zangado. Relembrando a maneira como ele acenou para mim no começo do intervalo, de repente, entendi o que estava em jogo para ele. "E o fato de terem exterminado o tio favorito do meu avô, não é muito crível?"

Boné e Casaco por fim estão no mesmo compasso. "O tio favorito do meu avô", eles acharam engraçado porque soou muito gay — imagino que Louis os tenha ouvido rir, mas ele só ficou olhando para Kyo, a pessoa de quem mais gostava e, portanto, a que cometeu a maior traição.

Kyo ainda estava olhando para suas mãos. "Eu não sei." E então, de repente, Louis sorriu de novo. Ele assentiu lacônico.

E então se dirigiu diretamente para Kyo: "Por que você está puxando o saco desses fascistas, cara? Que tipo de complexo de inferioridade você tem para ficar andando de mãos dadas com seus amiguinhos da Klu Klux Klan? Você praticamente é um terrorista. Cacete, Kyo, quem iria imaginar que você não só é um gordaço porcalhão, como também tem um cérebro de açougueiro, hein? Seus novos contatinhos já sabem que a terra é plana?"

"Na verdade...", Casaco murmurou, mas Louis não o ouviu: "Ei, sua bicha, cadê suas joias novas?"

Só então notei que Kyo não estava mais usando seu relógio de terra plana. Ele apenas ficou parado, balançando a cabeça como se não soubesse o que fazer: salvar sua reputação com Boné e Casaco ou socar a boca de Louis, e então Sigrid interveio. "Gente", ela disse, "vamos parar com isso, hein?". Minha nossa, como eu me derreto por ela. Porque essa é minha garota, essa é minha Sigrid; depois do seu falso começo, agora ela parecia ser a única a decidir a batalha. "Sim, pessoal", digo concordando, "Sigrid tem razão, parem com isso!".

Por um momento parece que deu certo, os rapazes ficaram se olhando: agora é hora de dar batidinhas nas costas, feito irmãos? Mas daí, de repente, Sigrid abre a boca outra vez. "Ambos os lados têm pontos válidos", disse de modo solene, e eu olhei para ela.

Ali estava Sigrid, com as mãos nos bolsos das calças leves de verão, o cabelo preso num rabo de cavalo alto. Se eu a abraçasse, ficaria cheirando a cigarro e ao aroma de maçã do seu perfume favorito: um cheiro do qual eu não gostava, mas que me excitava, sim, essa era minha namorada, essa era a Sigrid, eu sei como ela ficava quando gozava, eu conseguiria desenhar um mapa das estrias da sua bunda, eu sabia os nomes dos bichinhos de estimação da sua infância, eu sabia seu lugar favorito no ônibus e sua posição ideal para dormir. Já a ouvi chorando e vomitando, ela me deixava entrar no banheiro quando estava se maquiando ou no vaso sanitário, sei que ela achava que uma cama arrumada não era sexy e eu conhecia seu olhar quando realmente não concordava com alguma coisa. Ela até havia me dito o que a mantinha acordada à noite, e isso me fez pensar que a conhecia, mas talvez eu estivesse errada, talvez eu não a conhecesse. Essa ideia me deixou inquieta, eu tinha de verificar, *tinha de testar* — talvez tenha sido esse pensamento que me fez fazer o que fiz, perguntar o que perguntei: "Como é que é?"

"Só estou dizendo que...", Sigrid começou, mas era tarde demais, eu não precisava ouvir mais nada. Senti que as coisas estavam dando errado, sabia que tinha de ficar de boca fechada — mentalmente, até pedi desculpas por tê-la interrompido de novo, mas não podia evitar, eu me senti uma burra sendo alimentada à força com estupidez, sim, me empanturraram de tanta estupidez que algo tinha de sair num arroto considerável e irreprimível: "Só quem é um total idiota acha que o Holocausto não existe!"

Até Louis pareceu assustado. Ele não olhava para mim, e sim para Sigrid: como ela reagiria a tal insulto, sobretudo vindo da própria namorada? Então os garotos começaram a tagarelar: Boné abafou Casaco e Louis gritou todo tipo de coisa para Kyo, era impossível se entenderem, argumentações se dissolviam na cacofonia de censuras direcionadas e insultos aleatórios, era quase como se os garotos fizessem isso de propósito, como que para me ajudar erguendo uma parede de som que deveria me separar de Sigrid, proteger-nos do inevitável.

"Vai se foder", rosnou Sigrid. Ela veio até mim e sussurrou no meu ouvido, de um jeito que provavelmente viu em algum filme: "Nosso namoro termina aqui, Kayleigh."

Sigrid se afastou e os meninos ficaram em silêncio. Pelo que me lembro, nós cinco a observavamos, sim, na minha cabeça nos vejo parados assim: eu na frente, Louis à minha esquerda e Kyo à minha direita, feito guarda-costas, Boné e Casaco logo atrás de mim, assim eu não tinha como cair, sucumbir à minha perda.

Não vi nem falei com Sigrid durante o resto daquele dia. Ela deve ter pegado o celular no armário e ido direto para o ponto de ônibus, três horas antes do final do seu turno. Liguei para Sigrid, mas ela não atendeu, nem naquela noite nem no dia seguinte; fiquei chocada ao descobrir que ela havia cancelado seus turnos para aquele fim de semana.

Bem, eu tinha ofendido Sigrid, sabia disso. E não a insultara apenas, eu a *sabotara* na frente dos outros — ela não suportava isso, francamente. Não podia negar que eu havia sido estúpida, mas sua reação pareceu, como devo dizer, bastante desproporcional. Era quase como se Sigrid tivesse me desafiado: ela começou a falar sobre Soros, e sabia que eu não acreditava em toda essa farsa. Além disso, toda a briga com Kyo sobre o negócio da terra plana tinha sido mais ou menos na mesma linha, Sigrid sabia como isso terminaria — ou será que era justamente isso que ela queria? Nos dias seguintes, pensei que talvez fosse um teste. Talvez eu tivesse caído numa armadilha; talvez Sigrid quisesse saber se dessa vez eu conseguiria me controlar. Aparentemente não, ela ficou sabendo, mas não precisava cancelar a ida ao trabalho por causa disso — então o que realmente estava acontecendo, o que eu não estava vendo?

Talvez fosse Kyo, pensei. Era óbvio que ele gostava de Sigrid, sua adoração deve tê-la lisonjeado, talvez ela não quisesse machucá-lo. Sim, talvez ela se sentisse mal por não poder corresponder aos seus sentimentos, e sua dupla culpa a levou a dizer coisas muito estranhas, mas então por que ficou tão brava comigo? Sua reação à nossa briga me pareceu injustificada, soube por Souhaim que ela tinha começado a trabalhar no turno da noite — minha nossa, turnos da noite, para alguém com problemas de sono?

Sr. Stitic, foi uma loucura. E antes de prosseguir, quero perguntar o que o senhor teria feito. O que faria se a mulher que o senhor ama o ignorasse a partir de amanhã? Não porque houve traição ou porque jogou o gato dela pela janela, não, na verdade o senhor não tinha feito nada de errado; ontem sua amada lhe fez berinjela no forno e hoje o senhor a contrariou numa festa, só isso, e o senhor adoraria se desculpar, mas não tem uma oportunidade porque sua mulher, puf, desapareceu da sua vida. As roupas dela ainda estão na cadeira do seu quarto, um casaco e um xale estão pendurados no cabide do corredor.

Ainda há água na panela em que sua amada costuma fazer o ovo de manhã, ela acidentalmente pegou o carregador do seu celular. O senhor liga. Envia uma mensagem perguntando o que está acontecendo. E depois, admita, manda outra mensagem, depois outra, só para pedir o carregador de volta. A essa altura, talvez o senhor ligue de novo. Talvez ligue algumas vezes e ligue no dia seguinte, certo? E o senhor provavelmente vai perguntar a um ou talvez mais amigos em comum se eles viram sua mulher — admita, o senhor faria tudo isso, certo? Mas e se não der em nada? E se passaram nove dias que sua mulher se recusa a qualquer tipo de contato? O senhor se sentiria culpado, ia querer pedir desculpas, talvez ficasse frustrado, com raiva, e ah, preocupado, isso também. Afinal, esse comportamento não é típico da sua esposa, talvez alguém a tenha convencido a fazer isso. Talvez sua esposa, falando francamente, tenha enlouquecido, talvez ela tenha sucumbido à privação de sono e ao estresse, sei lá, ela pode estar andando pela rua gritando, ouvindo vozes na sua cabeça. De qualquer forma, o senhor ia querer ajudá-la, mas primeiro precisa saber o que está acontecendo. Então, o que teria feito nessa situação, sr. Stitic?

    Aposto que faria igual a mim. Como eu, o senhor esperaria sua esposa no estacionamento do trabalho dela, não é?

Tentei no domingo à noite. Sigrid não havia aparecido de novo naquele dia e suspeitei que ela estivesse no turno da noite, parece que ela tinha um caso com quem montava a grade: quando eu não estava trabalhando, ela aparecia. Fui uma das últimas a sair naquela tarde. Do lado de fora, sentei-me na nossa mureta, meio por hábito, meio também porque dali eu tinha uma boa visão de quem entrava. Os primeiros colegas do turno da noite andavam bem espalhados pelo estacionamento, tinham vindo de carro. Por volta das seis e meia chegou o primeiro ônibus, um grupo de pessoas se amontoou em direção à porta, olhei, ali vinha Souhaim: logo fiquei ereta, mas não reconheci mais ninguém.

Quem era do turno da noite não ganhava mais do que quem era do turno do dia. Eram pessoas que tinham outros empregos durante o dia, ou gente como Souhaim, que não se importava com o horário, talvez porque não conseguisse dormir à noite. Estava escurecendo e fechei meu casaco, os carros estacionados perdiam sua forma na escuridão.

Era muito esquisito ver o estacionamento que me era familiar cair de repente na total escuridão, rostos desconhecidos que percorriam minha rota diária, um mundo paralelo: será que esse universo alternativo engolira Sigrid? Ela não era a única mulher trabalhando à noite. Eu as via falando ao celular, às vezes com várias sacolas no pulso, imaginava que aquelas sacolas deixariam marcas, de súbito pensei ter visto Sigrid, uma figura esbelta numa jaqueta de couro. Estava andando rápido, não tinha certeza se era ela. As dúvidas me fizeram permanecer ali o resto da noite.

Oito horas, nove horas, andei ao redor do prédio, mas não me atrevi a ir muito longe. E se Sigrid saísse durante o intervalo, e se uma daquelas pontas de cigarro brilhantes pertencesse a ela? Joguei alguns jogos no celular: tirei blocos e atirei em balões. Sentei-me na frente da mureta, não em cima dela, para ter algum apoio nas costas. Fiz polichinelos para me aquecer e fiquei de olho nas janelas do quarto andar. Às vezes via uma silhueta, era ela? Não, decidi, minha Sigrid era mais magra, mais alta, seus ombros eram mais largos, e de alguma forma fiquei orgulhosa por ter desmascarado aquelas impostoras, como se isso dissesse algo sobre o quanto eu me importava com Sigrid e, assim, justificasse o que eu estava fazendo.

Por volta de uma e meia da manhã, os primeiros funcionários saíram do prédio. Fiquei ao lado da porta corrediça de maneira pouco sutil, pude ver melhor os rostos na luz do corredor. Quando Souhaim saiu, fiquei chocada e olhei para o chão, esperando que ele não me reconhecesse. Um por um, nossos colegas do turno da noite arrastavam os pés para o estacionamento, ninguém conversava, uma mulher de jaqueta de couro fez meu coração acelerar, mas logo vi que não era Sigrid. Depois de uns quarenta e cinco minutos, ninguém saiu, e a adrenalina se esvaiu do meu corpo. Ela não estava lá. Mas, pensei, talvez ela estivesse ali amanhã: afinal, eu mesma estaria livre, se Sigrid estivesse mesmo me evitando ativamente, é claro que ela agendaria para amanhã.

    Calculei que levaria mais cinco horas para que o pessoal do primeiro turno da manhã chegasse. O prédio ainda estava aberto, talvez eu pudesse dormir no galpão se empurrasse algumas partes da copiadora. Eu poderia entrar, pular, subir as escadas, mas, antes que pudesse decidir, um guarda veio trancar as portas corrediças com uma chave minúscula, do tamanho de uma chave de diário. Lá estava eu, sozinha no estacionamento escuro como breu. Morrendo de frio, caminhei até nossa mureta: será que me encaixaria atrás dela? Deitei-me, senti o pavimento áspero atravessando meu casaco e puxei uma perna para cima: também é assim que eu deito na cama. O chão do estacionamento estava frio e duro, mas a mureta protegia, eu parecia estar bloqueada do vento e a escuridão me acalmava. Sempre achei que a escuridão protege: engole em vez de abrigar os monstros. Fechei os olhos e imaginei que ficaria deitada ali até o sol nascer. Até poderia, pensei enquanto me sentava no táxi para casa.

No dia seguinte, posicionei-me de novo na mureta às cinco e meia da tarde. Sentei-me na frente como tinha feito à noite, mas dessa vez fui preparada: levei bananas e um xale que tinha sido da minha mãe — um luxo supérfluo, porque Sigrid saiu às seis e meia. Meu músculo peitoral se contraiu assim que a vi. Então ela realmente tinha mudado de turno para me evitar.

Caminhei até Sigrid e vi que ela estava assustada. "Merda", ela disse em voz alta, parando no meio do estacionamento. Levantei a mão, acenando, e ficamos em silêncio por um momento. Sigrid acenou com a cabeça em direção ao bloco de escritórios, como uma traficante tentando ficar fora da vista da polícia, e começou a caminhar naquela direção.

"O que você está fazendo?", ela perguntou. Estávamos encostadas no prédio, não muito longe de onde eu havia ficado na porta na noite anterior.

"Por que você está tão brava?", perguntei.

"Porque isso é meio intimidador", Sigrid respondeu, olhando ao redor como se fosse pôr um pacotinho na minha mão. "Você me stalkeia, liga para mim trinta vezes por dia", ela sussurrou, e sua resposta me deixou confusa. "Não foi por mal", falei. "Foi porque eu queria saber: por que você está me evitando?"

"Oh", Sigrid disse, balançando a cabeça com entusiasmo, "então você admite que está mesmo me stalkeando? Souhaim disse que você também esteve aqui ontem à noite".

"Sim, eu estava te procurando, queria falar com você."

"Mas você poderia simplesmente ter marcado um encontro comigo, não poderia?"

"Mas você ignora minhas mensagens."

"Você não sabe."

"Como?"

"Você não sabe se eu estou ignorando suas mensagens."

Sigrid agiu de maneira impossível, sr. Stitic. E isso não me deixou com raiva, só me assustou, porque Sigrid, minha linda e empática Sigrid, ficou ali de braços cruzados; toda a situação me lembrou vagamente da época da escola, dos tempos em que Kitty e Shanice — mais de uma vez — pegavam minha mochila ou skate e eu as denunciava para o professor: "Hum, por que você não pediu de volta?" Na época, minha impotência me deu uma espécie de raiva furiosa que me fez querer enfiar o quartzo rosa do colar de Kitty goela abaixo, mas agora que Sigrid estava usando uma linguagem irracional e bem parecida, senti um enorme pânico. Por um momento, por um leve momento, suspeitei que tivesse caído numa armadilha. Que todo o meu relacionamento com Sigrid tinha sido uma brincadeira, parte de uma aposta com os meninos, talvez, que, naquela primeira vez que eles me viram e vieram falar comigo na mureta, pensaram: "Vamos ver se conseguimos fazê-la acreditar que é bonita!"

Sigrid abaixou os braços. "Tá", ela disse num tom que não consegui identificar, parecia um pouco desafiadora? "Diga o que você queria dizer, então."

"Desculpe-me", falei num tom apressado.

"Você está se desculpando pelo quê, exatamente?", Sigrid perguntou, e de alguma forma achei que era uma pergunta estranha, embora eu não estivesse pensando naquilo; é igual quando você só percebe que o camarão tem um sabor estranho quando já o está engolindo, então respondi: "Desculpe-me por ter reagido tão duramente quando você sugeriu aquele negócio do Holocausto." Tentei soar o mais diplomática possível, mas na palavra "Holocausto" Sigrid começou a balançar a cabeça. "Você não entende, não é?", disse. "Você não entende mesmo."

O que Sigrid falou em seguida me impressionou. Ou melhor, vamos ser honestos, me esmagou. Ela deve ter notado que eu fiquei chocada, para dizer o mínimo, e alguns dias depois me enviou um e-mail explicando as coisas de novo; para acabar comigo ou me ajudar a entendê-la, sei lá, apaguei a mensagem dela de imediato, apertei o delete com o mesmo entusiasmo de alguém que tenta tirar uma mancha menstrual da calcinha. E quando penso na nossa última conversa, ali, próximo à entrada do nosso local de trabalho, não sei dizer se essa memória se sobrepõe à lembrança do e-mail, se a cruza ou a atinge — bom, estou enrolando. O que Sigrid alegou foi:

Nem sempre ela queria as mesmas coisas que eu. Ela já tinha me dito isso. Não a escutei. Continuei cruzando os limites dela. Além disso, eu agia de maneira completamente desconfiada. Sim, eu a assustara. Será que ela sabia como se afastar de mim?

Você era tão dominante, agia como se soubesse de tudo, sabe?

Pete ficou preocupado comigo quando lhe contei a seu respeito.

Eu não tinha te falado: "Não quero transar agora"? E você ficou se tocando bem ao meu lado.

Então olhe, Kayleigh, olhe só a tela!

"Trauma secundário causado pela exposição prolongada a imagens chocantes pode levar a depressão, ansiedade e pensamentos paranoicos", diz seu comunicado de imprensa, não é? Acho que é verdade, mas quando penso em mim e Sigrid, não sei qual de nós teve esses pensamentos paranoicos, embora eu diga que agi de boa-fé quando, numa quinta-feira à tarde, coloquei o celular dela na prateleira esquerda do galpão.

"Foi uma boa ideia", lembro-me de ter dito depois.

Não acho que isso seja exatamente uma falta de *confiança* em mim, não é? Acho que é bastante ingênuo, porque, quando estávamos juntas na frente do escritório da última vez, Sigrid tirou o celular do bolso.

Então olhe, Kayleigh, olhe só a tela!
"O que é?"
"Somos nós."

Olhei, mas tive dificuldade de distinguir as sombras vagas na tela espelhada do celular. Sigrid aumentou o volume e ampliou a imagem com o polegar e o indicador.

"Me fale o que você está vendo."
"O que você disse: estou vendo você e eu."
"E você acha que isso é normal?"
"Não estou vendo nada absurdo."

"Ah, é? Então ouça o que eu falo."

Sigrid empurrou o telefone no meu ouvido.

"Pare, não estou entendendo."

"Meu Deus, Kayleigh."

Sigrid abaixou o telefone e reiniciou o vídeo.

"Imagine que isto seja um 'bilhete'. Isto surge durante seu trabalho, então o que você faz: deixa ou remove?"

"Pare com isso."

"Não, estou falando sério: isto é um 'bilhete', o que você vê?"

"Eu não vejo nada."

"Diga."

"Conteúdo sexual", eu disse suavemente. "Sem aréola feminina, sem genitália: deixe."

"Ah, é? E isto?"

Sigrid apontou para algo na tela.

"Asfixia erótica, não tem hematomas ou ferimentos visíveis, então deixe."

"E coerção?"

"Não tem coerção, resumindo: deixe."

"Olhe só, Kayleigh, ouça o que estou dizendo, ouça!"

Sigrid quis apertar o aparelho frio no meu ouvido outra vez, mas nesse momento Souhaim e Louis saíram. Suspeito que, um pouco antes, eles andavam logo atrás de Sigrid, mas se esconderam no corredor do escritório assim que me viram se aproximar dela; por preocupação ou curiosidade mórbida — espero que tenha sido por esta última razão.

"Está tudo bem?", Souhaim perguntou. Eu esperava que Sigrid abaixasse o celular, mas ela não fez isso. Ao contrário, ela entregou o dispositivo para Louis: "Se isto fosse um 'bilhete'", ela disse, "você manteria este vídeo?".

Souhaim e Louis curvaram-se pensativos sobre a tela. "O que a da esquerda está falando?", Souhaim perguntou. "Estou vendo que ela está tremendo, mas o que está dizendo?", e ele estava prestes a pôr o celular no ouvido, mas Louis agarrou seu braço: "Que porra é essa, gente? São vocês!"

Eu já tinha me virado. Atravessei o estacionamento pela última vez, coloquei o capuz do meu casaco e fingi não ouvir os gritos de Sigrid.

Nos dias que se seguiram àquela última noite no estacionamento, fiquei tão envergonhada que às vezes me dava um soco na cara. Eu assistia a um filme sobre pilotos de corrida em apuros, minha mente vagava para o que tinha acontecido e, pimba!, aparecia uma mancha vermelha na minha bochecha. Ou eu ia assistir pornô uma vez, otária que era: pimba!, pimba!, pimba!, praticamente em todos os lugares. Algumas vezes liguei o alarme do celular, mas nunca mais tive intenção de ir à Hexa.

Nunca mais falei com Sigrid, Souhaim, Robert, Louis e Kyo, nem os vi. Ainda assim, durante muito tempo tive esperança de que as coisas melhorassem. Que Sigrid e eu nos reencontraríamos, que nos tornaríamos amigas e quem sabe até mais.

Eu até tinha um plano completo, sr. Stitic.

No Mona Lisa, Morgan Freeman, chocolate.

A casa dos pais de Nona ficava a quatro horas de carro, no caso um velho Buick de tia Meredith (a propósito, contei a ela sobre meu trabalho nos últimos meses, embora eu tenha mentido sobre o motivo de ter me demitido; não aguentei mais, falei, e, sem perguntar, ela me emprestou o carro para um fim de semana prolongado na praia, "para clarear a cabeça").

Era uma casa isolada num terreno nos arredores de uma cidade de tamanho médio; Nona deve ter tido uma infância cheia de girinos e passeios de pônei. Passei pela casa para estacionar o carro na estrada. Imaginei Nona pegando o ônibus para o centro nas noites de sexta-feira e me perguntei se ela tinha ficado encantada com os coquetéis açucarados de abacaxi e a língua escorregadia dos garotos que ela deve ter encontrado por lá.

Era um dia de semana no final de setembro, seis horas da tarde; achei que os pais de Nona estariam em casa. No carro, eu havia ensaiado o que ia dizer. Eu era amiga de alguém que tinha visto uma das últimas *lives* de Nona (não como moderadora, claro, apenas como uma pessoa normal). Minha grande amiga não soube o que fazer quando viu Nona daquele jeito, não interveio e agora não conseguia dormir; talvez eles pudessem mandar uma mensagem para ela, por exemplo, de que a culpa não era dela? Talvez eles pudessem achar meu pedido inadequado. Na pior das hipóteses, os pais de Nona me mandariam embora, mas, na melhor das hipóteses, eles perdoariam "minha boa amiga", notícia que eu repassaria durante uma xícara de cappuccino, enquanto segurava sua mão, ou talvez na forma de uma nota assinada por ambos os pais. E se Sigrid retirasse a mão, ao menos apreciaria meu gesto, veria como meu esforço foi nobre.

A luz do corredor estava acesa, toquei a campainha, mas nada aconteceu. Toquei de novo: sem barulhos, sem murmúrios surpresos. Entrei no jardim da frente para ver pela janela da sala: as cortinas bege estavam fechadas e a luz parecia vir de uma única fonte, uma luminária de mesa para afastar ladrões, imaginei. Contornei a casa, o gramado parecia malcuidado, talvez os pais de Nona estivessem de férias. Ou talvez preferissem chorar com os parentes, não suportavam o próprio ambiente, ah, entendi: claro que viam Nona sentada quando olhavam a cadeira de balanço no quintal, ouviam-na rir quando se sentavam na estufa — puxa, pensei, será que aquela é a janela do quarto dela?

Tanto a porta da frente quanto a porta da estufa estavam fechadas. Mas havia outra porta, à direita do local, verde desbotada, de madeira podre. Ergui um pouco a maçaneta, chutei a divisória de baixo e a porta se abriu com um estalo que, se a porta não fosse uma porta, teria expressado tanto espanto quanto indignação.

De repente, vi-me numa pequena despensa que levava a uma cozinha com um balcão cheio de castiçais de prata. Eu conhecia essas coisas, também as comprei naquela loja de móveis on-line onde eu atendia o telefone e sabia que pareciam mais caras do que eram.

Fotos emolduradas penduradas na parede ao longo da escada. Nona bebê em uma cômoda de madeira elegante, Nona criança arrulhando nas ondas, Nona mais velha subindo num camelo. Eram fotos lindas, bem expostas, mas nenhuma delas era posada; talvez seus pais tivessem um forte senso de timing fotográfico, ou talvez Nona fosse uma garota que sabia quando desviar o olhar para se parecer consigo mesma. Quanto mais eu subia as escadas, menos molduras havia; aparentemente os moradores reservavam algum espaço para fotos de Nona que ainda não haviam sido tiradas, e, sabendo que aquelas fotos não estariam mais lá, aqueles pedaços brancos de parede de repente se tornaram algo solene, o equivalente visual de alguns minutos de silêncio; eu mal me atrevi a ofegar quando passei por ali.

No andar de cima havia quatro portas. A primeira porta que abri levava a um banheiro, a segunda, ao quarto de Nona. Acendi a luz. Não havia flores ou cartões na cama de Nona; na verdade, o edredom azul brilhante tinha sido aberto de maneira desordenada; aparentemente seus pais preservaram o quarto justo como o encontraram naquele dia terrível. Nona tinha colocado fotos, suas molduras eram muito mais exuberantes do que as dos seus pais: uma moldura lilás que deveria se assemelhar a um porta-retrato antiquado, duas molduras de pele falsa rosa e uma com um relevo de borboleta emolduradas com fotos de Nona com amigos. Vi línguas de fora e bochechas coradas de menina e uma foto de Nona, bem mais magra do que em outras fotos, posando sozinha em frente a um castelo de parque de diversões. Peguei o porta-retratos, aquele com borboletas, e segurei a foto bem na frente do meu rosto. E o que eu vi?

Nona ria com os lábios juntos, muito diferente das fotos na escada. Sua pose um tanto madura contrastava com o fundo alegre, os minaretes cor-de-rosa que quase pareciam sair da nuca. Ela usava uma saia e uma camisa apertada que expunha uma barriga lisa. Será que havia arranhões nos seus braços, seus joelhos não eram alarmantemente ossudos? Fui até a janela para ver a foto à luz do dia; a qualidade não era muito boa, deve ter sido tirada com um celular e depois ampliada, notei alguns pixels aqui e ali.

Ouvi um molho de chaves tilintando no andar de baixo. Tropeçando no corredor, a voz cansada de uma mulher, as palavras tranquilizadoras de um homem, e de repente eu me vi ali, como se estivesse nas imagens ruins de uma câmera de segurança. Olha, ali estou eu, no quarto de Nona, perto da janela, com a foto dela, as bochechas afundadas e os pulsos adolescentes pálidos bem perto do meu rosto, e me lembro de pensar: o que estou fazendo aqui?

Nota da autora

Esta novela é ficção, os personagens e suas experiências são inventados. No entanto, as semelhanças com a realidade não são coincidência. Em minha pesquisa sobre as condições de trabalho dos moderadores de conteúdo comercial em todo o mundo, utilizei bastante os seguintes livros, estudos, documentários e artigos, que recomendo a quem quiser saber mais sobre o assunto:

The Cleaners, Hans Block, Moritz Riesewieck (direção) (2018, gebrueder beetz filmproduktion, e.a.).

The Moderators, Ciaran Cassidy, Adrian Chen (direção) (2017, *Field of Vision*)

De achterkant van Facebook, 8 maanden in de hel [Detrás do Facebook, 8 meses no inferno], Sjarrel de Charon (2019, Prometheus).

"The Laborers Who Keep Dick Pics and Beheadings Out of Your Facebook Feed", Adrian Chen (2014, *Wired*).

"Content Moderator Sues Facebook, Says Job Gave Her PTSD", Joseph Cox (2018, Vice Motherboard).

"De hel achter de façade van Facebook" [O inferno por trás da fachada do Facebook], Maartje Duin, Tom Kreling, Huib Modderkolk (2018, *de Volkskrant*).

"Bestiality, Stabbings, and Child Porn: Why Facebook Moderators Are Suing the Company for Trauma", David Gilbert (2019, Vice News).

Custodians of the Internet: Platforms, Content Moderation, and the Hidden Decisions that Shape Social Media, Tarleton Gillespie (2018, Yale University Press).

"Revealed: catastrophic effects of working as a Facebook moderator", Alex Hern (2019, *The Guardian*).

"Facebook files", Nick Hopkins, Olivia Solon, e.a. (2017, *The Guardian*).

"The Trauma Floor, The secret lives of Facebook moderators in America", Casey Newton (2019, The Verge).

"The Terror Queue, These moderators help keep Google and YouTube free of violent extremism — and now some of them have PTSD", Casey Newton (2019, The Verge).

Behind the Screen, Content Moderation in the Shadows of Social Media, Sarah T. Roberts (2019, Yale University Press).

*Exemplares impressos em OFFSET sobre
papel Cartão LD 250g/m2 e pólen Soft LD 80g/m2 da
Suzano Papel e Celulose para a Editora Rua do Sabão.*